我不相信神话

〔意〕奥莉娅娜·法拉奇 著
陈波 译

Oriana Fallaci

Solo Io
Posso Scrivere
la Mia Storia

南海出版公司

新经典文化股份有限公司
www.readinglife.com
出　品

目录

Contents

第一部分
用佛罗伦萨方言表达，用佛罗伦萨方言思考

第二部分 工作，旅行

第三部分　爱与自由

第四部分　写作这个职业

第五部分　严峻的考验

FIORENTINO PARLO,

FIORENTINO PENSO

第一部分

PARTE PRIMA

×

用佛罗伦萨方言表达，用佛罗伦萨方言思考

×

我不相信神话

我很晚才开始明白自己的重要性，明白自己对很多人意味着什么。其实直至今日，我也没有完全弄明白。很多人在我身上看到了阿喀琉斯或圣女贞德的影子，可我并不是他们。我只是一个敢于说出心中的想法，做自己认为该做之事，过自己想要的生活，且毫不恐惧的人罢了。或者说，我只是尽力不向恐惧妥协罢了。我还是一个十分严肃的人，自律且冷酷（正是我的自律和我遭受过的巨大痛苦让我变得冷酷）。可也仅此而已。我不想背负起那些并不属于我的责任，所以我并不希望人们把我看作一位斗士，或是圣人。最重要的是，我不希望被误解。然而一直以来，误解无处不在。我对自由的信仰常常被人们误解（在我看来，自由并不意味着混乱或放纵；我也不断对阿莱科斯[①]说，自由首先是义务，其次才是权利）。人们误解我的“无政府主义”。真正的无政府主义应该是神圣而优越的，是一种理想的状态。在这种状态下，人能够管理好自己，不侵犯、杀害他人，不窃取他人财物。人们还误解我的独立。因为他们不明白，我怎么能以一种不偏不倚的方式拒绝与左派或右派同流合污，以及我为什么要这么做。人们爱我，却并不理解我。而我也同样不能理解那些围绕在我四周的兴奋与喧嚣。我不喜欢被一步步推上神坛，不喜欢被崇拜。我不过是一个害羞、腼腆、执着于独处且不爱交际的人而已。我不相信神话，尤其是关于我的神话。[1]

① 阿莱科斯，即亚历山德罗斯·帕纳古利斯，希腊政治家，法拉奇的挚爱。

奥莉娅娜·安娜斯塔莎

一九二九年六月二十九日，我出生于佛罗伦萨。我母亲托斯卡·法拉奇和我父亲爱德华多·法拉奇都是佛罗伦萨人。母亲有西班牙血统，她的曾祖母是巴塞罗那人；而父亲有罗马涅[①]血统，因为他的母亲是切塞纳人。从两人相处时喜怒无常的情绪来看，这种组合显然糟糕透顶。不过我自认为是纯正的佛罗伦萨人。我用佛罗伦萨方言表达，用佛罗伦萨方言思考，时时刻刻入耳的也是佛罗伦萨方言。我接触的文化、接受的教育都是佛罗伦萨式的。在国外，每当人们问我是哪里人时，我始终回答“我是佛罗伦萨人”，而不是“意大利人”。因为这是两个完全不同的概念。[2]

---

① 指意大利北部的艾米利亚－罗马涅大区，切塞纳是其下辖的一个城市。

我原本应该与曾祖母同名，叫“安娜斯塔西娅”。这是她的女儿，即我的祖母嘉科玛的意愿，尽管曾祖母曾对她做过两件无法饶恕的事：一生下她就将她抛弃在切塞纳的孤儿院里，以及在二十年后引诱了她未来的丈夫——我的祖父安东尼奥。“行了，她当时这么做又没有什么恶意。”我的祖父安东尼奥·法拉奇显然也想用曾祖母的名字为我命名，将近半个世纪过去了，他仍对安娜斯塔西娅心存爱意，并且丝毫不加掩饰：“是的，是的，那个老巫婆还赖在我心里没走呢。”我的父母亦是如此，因为他们对安娜斯塔西娅怀有绝对的敬意。在决定通过我来延续对曾祖母的记忆后，他们只考虑到底应该把名字的重音落在字母 a 还是字母 i 上，也就是说，我应该叫“安娜斯塔莎”还是“安娜斯塔西娅”。不过最终他们还是改变了主意，因为祖父说出了祖母嘉科玛原谅曾祖母的原因：那个老巫婆是自杀身亡的。两人不得已将目光转向了普鲁斯特，决定用他笔下的人物，盖尔芒特公爵夫人的名字为我命名，而“安娜斯塔莎”则和外祖母的名字一起，成了我的中间名。奥莉娅娜·安娜斯塔莎·塔丽特。真是太可惜了。我时不时会为没有和曾祖母同名而感到遗憾，因为在我家的祖祖辈辈中，只有她的故事独一无二。[3]

我对皮埃乔内街上的房子印象最为深刻，那是我出生的地方。它在一幢楼的最顶层，进门右拐就是祖父母的房间。房间里有个小祭台，是一张小小的桌子，祖母在上面点了许多小蜡烛，还放了一张黑白的画，画着被钉在十字架上的耶稣。（正对大门、正好与祖父母的房间形成一个直角的，是我父母的房间。）房间左边放着一张彩绘沙发椅，后来我把它搬到了纽约的家中，而床、衣柜和屉柜则被我留在了佛罗伦萨的家中。要知道，母亲生下我时，就躺在那张床上。而我回佛罗伦萨时，也会睡在上面。这两间房的门外是一段走廊，紧接着有一扇通往起居室的门。起居室里的桌子现在放在我卡索莱的家中，而玻璃书柜则还在佛罗伦萨。还有两幅父亲的画作，一幅是他的肖像画，现在在佛罗伦萨。画中的父亲像祖父一样笑得一脸狡黠，却还不忘用手捂着嘴，试图隐藏。另一幅画上是一只单腿站立的长腿鹬，现在被我挂在卡索莱房子的大厅里。起居室中很昏暗，窗外是个小庭院。沿着走廊继续向前，不一会儿就变得宽敞起来，来到一个四四方方的房间，其中的一面墙上画着壁画。房间里有一张长沙发，我们都管它叫“情人沙发”，因为皮埃拉姑姑和她的未婚夫马里奥总是坐在上面打情骂俏。他们轻声交谈，亲吻对方。可这样美好的场景却总是被抱怨声打断：“你们没看见孩子就在一边吗?！”穿过这间屋子就是餐厅，对我来说它简直无比宽大，里面还有一张巨大的餐桌。餐厅的右边还有两间屋子：一间空荡荡的，里面只有一张鞋匠桌，祖父会在那儿给全家人修鞋；另外一间是比安卡姑姑和皮埃拉姑姑的房间。有一天我躲到皮埃拉姑姑的裙子底下，看见了两条无比丑陋的腿：粗短且惨白。而且我还闻到一股刺鼻的味道，一种我从来没有在母亲身上闻到过的味道。紧接着我的左脸就挨了一耳光。还好祖父及时赶来，把我从母亲的怒火中拯救出来。他把我带到鞋匠桌边，送我几颗用来修鞋底的鞋钉。我对会修鞋的祖父很着迷，所以当我长大一些，也就是战争之后，我开始学着给自己做鞋子（用汽车轮胎的外胎橡胶做鞋底）。我不明白母亲为什么总是这样说：“他根本不会换鞋底。这明显就不是他能做的事，应该让真正的鞋匠重新修！”

祖父很温和，他总是护着我，在这个鲜有人微笑的家庭中，只有他的脸上时常带着笑意。他会用绳子拴住一根火腿，绑在鞋匠桌后墙上的一根大钉子上。火腿的旁边还挂着一把刀，每个人都可以进屋切上一片。我总会问火腿是什么味道，可他们却从不让我尝一口：“火腿对小孩子不好，不好！”有一天，祖父悄悄把我带到一边，从口袋里掏出一张叠好的黄纸。他摊开黄纸，里面是一片被仔仔细细卷起来的火腿。“拿着，”祖父对我说，“我趁他们不注意的时候切的。”我大口嚼着火腿，觉得这一定是我吃过最咸的东西。

祖父的脸很圆，而且面色红润。纤细的银发稀稀拉拉，但眼睛是我见过最漂亮的蓝色。他步伐轻快，走路时总是带着他那根弯头的拐杖。祖父曾经拄着拐杖带我去看鸡，可我看到的却是孔雀。我不喜欢孔雀，它们的叫声实在不怎么讨人喜欢。而且它们一看见我，就像气疯了一样，张着嘴冲我跑过来。可是我单单为它们开屏的方式着迷。那长长的尾羽展开之后就如同一把绿色的扇子，上面缀满眼睛。但祖父每次都会说“我们去看鸡”。他拄着拐杖带我步行前往。祖父走得很慢，所以我常常会走到他的前面。他不喜欢这样，于是就伸长拐杖，用弯曲的拐杖头钩住我的脖子。我永远都无法忘记那种令人讨厌，甚至是恐惧的感觉。那根拐杖就钩在我的脖子上，让我难以呼吸。而且我不能理解，为什么祖父做这种事的时候还会笑。不过即使是这样，也没能影响我对他的爱。

至于祖母，我就没有那么爱了，祖母也不怎么爱我。“她谁都不爱，只爱她的儿子马里奥。”所有人都这么说。祖母又矮又胖，而且只有一只眼睛。或者更准确的说法是，她只用一只眼睛看这个世界——黑色的、充满仇恨的右眼。那只瞎掉的左眼就像一堆灰色的肉冻，据说那是她年少时不小心用剪刀扎瞎的。传言祖父之所以娶了祖母，就是因为觉得这事儿他也有责任。那时候，正在财政部工作的祖父是曾祖母的情人。据说曾祖母是个漂亮的女人。祖母就丑多了，她一厢情愿地爱着祖父，而且用尽各种手段让祖父知道她的爱意。有一次她把自己的几张照片送给了祖父，然后在某一天，祖父又把照片如数退还——只不过每张照片都被扎了孔。祖母失声痛哭，泪水模糊了她的视线，以至于她意外把剪刀扎进了左眼。祖父觉得这是他的过错，于是娶了祖母。不过也有人说，祖父之所以娶祖母，只是为了报复抛弃他的曾祖母。

关于当时在财政部任职的祖父还有很多传闻。其中一条说，他曾经在皮埃蒙特杀死过一个干走私的人。祖父穿着财政部制服的相片原先就挂在起居室，不过现在已经被带到了卡索莱。相片上，身着制服的年轻人双腿交叉，姿态优雅，如同一名芭蕾舞演员，身后是一片围着栅栏的小花园。

* * *

摆着大餐桌的餐厅另一端和厨房相连，那儿有几个烧煤的炉子，还有一个特别大的洗衣盆。我最初的记忆之一，就是母亲一边啜泣、一边搓洗着盆中衣物的画面。她十八岁的时候怀着我住进了这栋位于皮埃乔内街的房子。当时父亲刚满二十岁不久，根据那时的规定，年轻人必须到二十一岁才能不经过父母的允许自主结婚。所以母亲只能等到我父亲二十一岁生日的那天，挺着大肚子嫁给了他。

我对父亲和母亲相识的过程一无所知，唯一能够帮助我解开出生谜团的线索，是我母亲说过的一句话："都怪那顶画满樱桃图案的帽子。"她还说："我原本要去巴黎的。当时我已经认识了一个腰缠万贯的人，他想带我去巴黎，做他的女伴。然后他会移民去阿根廷。结果我买了那顶画满樱桃图案的帽子，把它戴在了头上。你的爸爸看见了我，然后就有了你。啊，再见，巴黎；再见，阿根廷。"

我还知道，那段时间奥托尼·罗西[①]正疯狂地追求我的母亲。那个时候，他好像还是喜欢女人的，母亲也希望和他订婚。（母亲从来都不肯接受外界关于罗西是同性恋的论断。每当别人说起此事的时候，她会勃然大怒："不，这不是真的！他喜欢我！他喜欢女人！"母亲还说他是一个十分

① 奥托尼·罗西（Ottone Rosai，1895—1957），意大利表现主义、未来主义艺术家。

健硕的男人，与我那瘦小的父亲完全不同。）可是母亲戴上了那顶帽子，父亲看见后说："多么娇艳的樱桃啊！"接下来的那个周日，他们一起去了莫雷洛山野餐，在那里就有了我。那是一个八月末的周日，他们两人在那之前都没有过性经验。也许正是命运的安排，让母亲在那天，那个星期日，怀上了我。那是他们婚前唯一一次做爱。"事后我们突然害怕起来，"有一次母亲对我说，"所以之后我们就再也没有做过。"不过母亲刚知道自己怀孕的时候，父亲的表现还不错。他让母亲收拾好东西，把她带到了皮埃乔内街的房子里。家里没有人欢迎她，而且除了祖父，大家对她都不好。母亲成了家里的灰姑娘，"'快点去洗衣服。'你奶奶总这么对我说，她根本不想让我们两个结婚。"

我是晚上出生的。据说我刚生下来时漂亮极了，"你一点都不像别的婴儿那样浑身红彤彤、皱巴巴的，"母亲经常这么说，"你的皮肤雪白光滑，看起来很漂亮。而且你从来不哭，别的孩子都会哭，可你从来不，总是那么安静。你总是滴溜溜地转着眼睛到处看，看着周围的东西，看着我们，安安静静的。但是到了第八天，我开始害怕了。我以为你不哭是因为没有声带，于是把你带到了医生那儿。他给你检查完后说：'别担心，别担心，她有声带的。'然后他挠了挠你的脚，你就突然‘咕噜咕噜’地笑了起来。医生又说：‘看见没，她有声带的。’你甚至饿了也不哭，只是吸吸手指就可以了。”四十天大时，我接受了洗礼。仪式在卡尔米内圣母教堂的一幅壁画下进行。那是马萨乔[①]的画，描绘了亚当和夏娃被逐出伊甸园的场景。我知道有人会觉得下面的话不可信，但是当我在青少年时期再次看见《逐出伊甸园》时，确实觉得很久很久之前就见过这幅画。母亲说：“就连神父把那么冰的水洒到你身上的时候，你都没有哭。你就静静地待在那儿，看着上帝把亚当和夏娃逐出了伊甸园。”

* * *

最吸引人，也最让人觉得遥不可及的一位家庭成员，是我的伯伯布鲁诺：他是家中的知识分子，祖父给他取了个绰号叫“多头怪”。布鲁诺伯伯在《民族报》工作，对于我们来说，他生活在一个完全不同的世界。那是写作之人的世界。当时我还小，记不住那些事，现在我甚至都想不起他那时长什么样子。不过我却清楚地记得他的妻子：吉安娜伯

① 马萨乔（Masaccio，1401—1428），意大利文艺复兴绘画的奠基人、先驱者，被称为“现实主义开荒者”。

母。她很漂亮（至少当时我是这么认为的），也很高，举止优雅，总是戴着帽子，穿着皮毛大衣。伯母的面庞瘦长、轮廓分明，神情忧郁，脸上妆容精致。一双冰冷的眼睛显得格外大。有时候伯母会给祖母带来一束玫瑰，不过这并不能讨她喜欢。有一天祖母把玫瑰拍在餐桌上：“什么花不花的！不如给我儿子缝几颗衬衫扣子！”伯母一下子哭了出来，落荒而逃。不过我也经常能在她家见到她，因为母亲会带着我，去给她位于阿尔齐布希利街的屋子做清洁。

在我断断续续的记忆中，吉安娜伯母总是舒适地歪在自己房间的沙发上，抽着装有长烟嘴的香烟，看着窗外的瓦萨里凉廊。她穿着长及脚面的粉色或天蓝色睡衣，时不时吃一颗巧克力软糖，可她从来没有给过我。（“如果你敢跟她要糖吃，你就死定了！”母亲总这么威胁我。）她不抽烟也不吃糖的时候，就会抱起她的虎斑猫，一边抚摸它，一边读报。印象中她带我出过两次门：我们去了酒吧，她的面前坐着一位先生，可我完全不知道他是谁。长大之后我认出了记忆中的那个地方——托纳波尼街[1]上的帆船酒吧。我们的桌子靠着临街的墙，边上就是人行道。那位先生缓慢而温柔地抚摸

① 佛罗伦萨最著名的时尚街区，拥有数家高级时装和珠宝精品店，常被称为“佛罗伦萨的会客厅”。

吉安娜伯母的一只手。他们的面前有两个高脚杯，里面的红色液体色泽浓郁。然后酒吧服务员拿着一个奇奇怪怪的瓶子来了。他按了一下瓶上的一根小杆儿，一股气泡就喷溅着跃入杯中，令我分外着迷。“吃你的冰激凌。”吉安娜伯母低声对我说，那声音与我以前听到过的所有女人的声音都不同。（母亲的声音听上去充满活力，十分洪亮；皮埃拉姑姑的声音也是如此；比安卡姑姑的声音有些瓮声瓮气；祖母说话时总是嘟嘟囔囔。吉安娜伯母就不一样了，她说起话来有点像唱歌，仿佛经过精心设计，听上去与众不同。）我并没有听她的话，还是盯着杯中的气泡。以后的某一天，我会明白那是金巴利酒兑苏打水。至于和吉安娜伯母去酒吧的原因，我从来没有想明白过。除了“吃你的冰激凌”外，她根本不和我说话，也不照顾我。不过我觉得，她应该是把我用作借口去见那位先生，就是和她一起喝那种红色液体、摸她手的先生。他是伯母的情人？

关于吉安娜伯母，家里的人议论纷纷，说得最起劲的就是讨厌伯母的比安卡和皮埃拉姑姑。她们说伯母给布鲁诺伯伯戴了绿帽子，在伯伯发觉此事后，她还企图服毒自杀。她们还说，当伯伯和伯母吵得不可开交的时候，伯母就会卧床装病，说自己发了高烧。可事实上她并没有发烧。于是伯母就会用温度计摩擦床单，让它显示的温度高一些。

我儿时关于吉安娜伯母最后的记忆是她跨坐在大桥的栏杆上，仿佛骑着一匹马，旁边就是本韦努托·切利尼[①]的雕像。伯母对祖父说："你瞧着吧，爸爸，我要跳下去！我要跳下去！"祖父左手牵着我，右手拿着拐棍，不耐烦地敲着石板路面说："跳吧，跳吧，赶紧的，我还要带孙女回家呢。"后来有一天，吉安娜伯母突然不见了，人们都说她和一个中尉私奔去了威尼斯。"作孽啊，作孽！就说这个女人在外头一定有人！"根据布鲁诺伯伯记事本上的记录，这件事发生在一九三三年，也就是我四岁的时候。十八年后，我又瞥见过她一眼：那是在佛罗伦萨的佩哥拉剧院，我觉得伯母已经不复以前的美貌，但优雅依旧。她头上的小帽装饰着银绿色的羽毛，身上的披风在脖子处有一圈漂亮蓬松的狐狸毛皮。伯母有些步履蹒跚，两位先生在两侧搀扶着她。她也许是病了，或是腿上有伤。有那么一瞬，我们四目相对。可能是因为认出了我，她那冰冷的目光中出现了一丝战栗。可那时我已经知道她给布鲁诺伯伯带来了何等痛苦，所以我装作没有认出她，迅速地移开了视线。五年后，我在米兰的家

---

① 本韦努托·切利尼（Bevenuto Cellini，1500—1571），意大利文艺复兴时期的金匠、画家、雕塑家和音乐家。

中收到了她的来信。信中，她恳请“她的侄女”给些钱，帮助她“购买些炭火”。这是一封手写信，字迹和她本人一样优雅，清晰可辨：字母 a 和 o 圆润丰满，呈略扁的椭圆形。我一直对伯母的字迹十分着迷，甚至连签名也模仿了她的笔迹，可惜只是照猫画虎罢了。[4]

* * *

我睡在书房里。它原先只是一个小客厅，之所以叫作书房，是因为我的父母虽然贫穷，却仍通过分期付款的方式艰难地买了许多书，把它塞得满满当当的。那张被我称作“床”的小沙发旁有一个书柜。书柜上，有一本大部头，一个蒙着面纱的女人在封面上望着我。一天晚上，我终于向这本书伸出了手……不过母亲好像不太愿意我读它。她一看见就把书从我手上夺了过去。“你害不害羞！这又不是给小孩看的书！”不过很快她又把书递回给我：“看吧看吧，也没什么大不了的。”于是《一千零一夜》成了伴随我整个童年的童话故事书，也在我视为珍宝的藏书中占据了一席之地。[5]

《一千零一夜》和许许多多红色封面的书一起，放在一个玻璃门书柜里。彼时，书籍就像是我的玩具。唯独那个书柜是我心中遥不可及的天堂，因为母亲根本不让我打开它："这些书是爸爸的，它们都是大人的书，不是给你这样的小孩子看的。"母亲坚信，孩子就应该保持孩子的纯真与简单，时间越长越好，所以她对我阅读的书籍进行了严格的筛选。德·亚米契斯[①]、萨尔加里[②]、凡尔纳，这些作者的书是我可以读的，因为母亲认为他们的作品对于一个单纯的十二岁孩子来说是无害的。而玻璃门书柜里的那些书，在她看来则充斥着危险与圈套：《战争与和平》《罪与罚》《卡萨诺瓦回忆录》。这类书中甚至还有令人不安的插图，当然，这是我长大之后才知道的。书架最上面一层的书封皮都是红色的，虽然我看不见书名，却时常能梦到它们。这些书之所以吸引人，不仅因为它们神秘，还因为其中绝大多数都来自同一位作者——名字读起来就像是先咳嗽了一下，再用舌头舔过物体的表面——杰克·伦敦。

我的"沙发床"就在玻璃门书柜的前面。有一天我生病了，迷迷糊糊中，忽然有人打开了书柜的门。"读读这本

① 德·亚米契斯（De Amicis，1846—1908），意大利儿童文学作家，其作品《爱的教育》广受欢迎。

② 埃米里奥·萨尔加里（Emilio Salgari，1862—1911），意大利小说家，科幻文学先驱，作品在意大利被广泛阅读。

吧。”一本红色的书就这样落到了我的手中。我贪婪地抓住它，就像抓住一份期待已久的礼物。《野性的呼唤》，杰克·伦敦的作品。我温柔地小心翻动书页，仿佛那是一张张薄纱。事实上书页又硬又厚，倒更像是卡纸。书的第二页上写着此书由松佐尼奥出版社出版发行，是为了在意大利境内以低价普及知名的小说作品：换成现在的价格，它只卖四点五里拉而已。我细细地品酌一行行文字，它们赠予我无限希望。

我对巴克一见钟情。当我在黎明不得不与它分别，看着它将我抛弃，奔向狼群回归荒野的那一刻，我的心中充满苦楚。隔壁房间传来母亲的怒斥：“关灯！你能不能关灯睡觉啊？”可现在让我关灯睡觉，就如同从我嘴边抢走一片面包，如同解除一段能让我变得完美的魔法。所以我不能，也不愿。读完这本书，我不再是那个信仰德·亚米契斯、萨尔加里和凡尔纳的女孩，也不再笃信迷人的善意谎言编造出的那个世界。我是个已经准备好在严酷的现实世界中应对成年人的女孩。巴克已经让我知道，生命是一场日复一日的战争。这场战争无情又冷酷，哪怕是吃饭、睡觉时，都要时刻保持警惕，否则你将失去食物和自由。[6]

* * *

“妈妈，你以前见过大海吧？”我问。“是呀。”“那你跟我说说，妈妈，大海近看是什么样子的？”“漂亮，漂亮极了。”“嗯，然后呢？”“然后？然后还有什么？”火车好像永远都不会到达我们的目的地。开了没一会儿，它就会停在某个站台，然后要很久之后才会重新开动，因为有人要下车买冰激凌，还有人要买报纸。我简直快气疯了，真想用手把这破车推走。“妈妈，我们什么时候才能到啊？”“你可真烦人！”最后，我们终于到站了，可车站根本不在海边。我能听见大海近似咆哮的声音，却看不见它的样子。为了赶时间，母亲叫了一辆马车。车上弥漫着臭烘烘的干草味儿，马蹄的嗒嗒声一下下撞击着我的耳膜。可大海的声音随着车轮的转动愈发清晰，它盖过马蹄声，钻进我的耳朵，让我焦躁不安。在这种焦躁中，我们走过一条条街，最终来到一条宽阔的大道上。道路的那一边就是大海，它毫无预兆地出现在我的面前，冲击我的双眼。灰色的大海，渺无边际的大海，光滑如镜的大海。仿若一片坠落到地面的天空。

我低下头，心中困惑不解，天空竟会坠落到地上。母亲向我伸出手：“下来吧，我们走近去好好看看。”于是我们走下马车，手牵着手踏上沙滩。沙滩很大，但除了我们俩空无一人。现在是十月份，母亲说，十月份的天气已经很冷了，没有人会去海边。我没有见过大海，自然也没有见过沙滩。这份经历的空白让我在沙滩上几乎寸步难行：沙子不断钻进我的鞋里，鞋子变得越来越沉重。母亲见状，帮我脱掉鞋子，让我赤脚走在沙滩上。我不敢看向大海，它让我感到害怕。因此我低着头，看着我的双脚，它们在沙滩上留下的印记越来越浅。因为沙子正逐渐变得潮湿、坚硬，与此同时，它们的颜色也越来越深。现在，沙子已经是灰色的了。当我觉得这种灰色已经深得无以复加的时候，沙子又重新变得柔软起来。此时，我的脚印处留下了一个个小小的水坑。它们坚持不了多久，就仿佛“咕咚”一声，一下消失得无影无踪。

突然间，这些小水坑不再消失了，因为我已经踩进了水里，这片大海的海水里。清澈的海水涌向我的双脚，似乎带着一丝好奇，想要品尝它们的味道。可得偿所愿后，它又像是吃到了什么滚烫的食物，害怕地向后退去，只在我的脚边留下一个小小的漩涡，但它也转瞬即逝。于是我不那么害怕了。我鼓足勇气，抬起头看向大海，那在我面前退却的大海。我不知道自己到底在海边看了多久。应该很久吧，因为每过一会儿，母亲就会拍拍我的肩膀，对我说："走吧，行了，该看够了吧。"[7]

做一个孩子并不幸福

我在佛罗伦萨成长、学习，在这里度过了童年和青少年时期。我的童年生活并不愉快，我的父母很穷。父亲在佛罗伦萨有一个规模很小的手工作坊，单是支付作坊里三四位师傅的工资，就已经把收益消耗得一干二净。父亲是激进的反法西斯分子，因此在政治上也受到了迫害。这种条件显然不可能让我拥有舒适的物质生活或精神生活，但它教会了我什么是纪律，让我知道生活绝不是一场简简单单的冒险。[8]

当时，我的周围是战争、墨索里尼、贫穷，还有父母的责骂。我的屁股上会时不时地挨一顿板子，不许做这个，不许做那个。不，不，不！我的童年一点意思都没有，做孩子并不是一件幸福的事情。[9]

与所有暴政统治下的时期相同，我出生的那个年代，我的国家根本就没有真正的新闻业。幸好还有地下组织秘密发行的报纸，真实的报道才得以幸存。而我有幸生在一个反法西斯家庭，我父亲是佛罗伦萨地下组织的首领之一。在我九岁还是十岁时，某一天，我发现一份报纸。报纸上说的和我在学校里整日听到的完全不同。（大家也都明白，在专制统治下，学校也是听命于统治者的。）上面说希特勒和墨索里尼是两个刽子手。我拿着报纸找到父亲，问他："这是什么？"父亲回答说："一份说实话的报纸。"我接着问道："所以它才不在报刊亭出售吗？""是的。"我如此震惊，如此愤怒，以至于忍不住大叫："总有一天，我要为那些说实话，而且在报刊亭出售的报纸写文章。"（这是别人日后告诉我的，我也不知道这是不是当时确切的情景……）[10]

我小时候在佛罗伦萨见过一次希特勒和墨索里尼，就在希特勒来到意大利的那个夏天。我之所以能见到他们，是因为我的一位姑姑嫁给了一个法西斯分子。家里所有的人都责怪她犯下了一个不可饶恕的错误，我的父亲甚至不愿意和她打招呼。唯一对她宽容的人是我的母亲，因为她觉得，嫁给一个法西斯分子不是罪过，而是一种不幸。这种不幸就像罹患癌症一样：你能因为一个人得了癌症就对他不好吗？正是出于这种怜悯，母亲有时甚至会把我“借”给姑姑，以冲淡她因为没有孩子而产生的孤独感。所以姑姑经常会来接我出门，可是她带我去的那些地方根本不适合小孩子，而且孩子也完全忍受不了那种地方。“姑姑，我们去哪儿呀？”“去听室内音乐会。”“姑姑，我们去哪儿呀？”“去我公公的墓地献束菊花。”她从来没有带我去吃过甜点，也从来没有带我去骑过旋转木马。不过也没有人注意姑姑到底带我去了哪里，只要她不跟我谈论希特勒和墨索里尼就行。在我家，人们说起这两个独裁者时，总是配以可怕的谩骂，以及听得人直起鸡皮疙瘩的诅咒。那年夏天，我被家里人骂了个狗血喷头，因为我用了一个词：“领袖”。“什么领袖？谁的领袖？谁教你这个词的？”“老师。”“你的老师是个法西斯分子！这可不是个好词，明白吗？你要再敢说，就完蛋了！”而那天下午，姑姑既没有带我去听音乐会，也没有带我去墓地。她带我去了一个广场：广场上有看台，必须凭票进入。这可真是件有意思的新鲜事。“姑姑，我们为什么来这儿？”“来看样东西。”“什么东西？”“就是一样东西。”

关于那天的事我已经记不太清了，只记得灼人的烈日，激动的人群发出的喧闹声，在旗帜间穿梭的鸽子，还有姑姑从包上摘下后系到我头上的黑色蝴蝶结。“为什么是黑色的，姑姑？”“因为你姑父说要戴黑色的，这是对元首和领袖的尊重！”听见这句话后，我明白了，原来姑姑要带我来看的就是希特勒和墨索里尼！而我清楚地记得，当时的我因为内心极度的恐惧浑身发抖。我居然来看希特勒和墨索里尼了。要是父母发现我居然犯下这样的错误，他们会怎么收拾我呢？就算他们没有发现，我会因此得什么病呢？眼睛，眼睛一定会出问题的。除了恐惧，我还强烈地想要大哭一场，因为我不愿承受的东西实在是太多了：黑色的蝴蝶结，被迫犯下的过错，失明的未来。我忍着哭意，开始寻找自我救赎之路。我发现，唯一可能行得通的办法，就是在他们两人走过的时候闭上眼睛。这个方法能让我不至于变成瞎子，而且如果我不得不发誓“我没有见过他们”，那我也不算说谎。毕竟，有什么必要再看他们呢？他们的样子我都认得。我经常能在学校看到墨索里尼的照片，就在耶稣受难像的下边，国王相片的边上：他戴着钢盔，嘴边挂着怒意——这是个骄傲自大、令人讨厌的人。希特勒的样子嘛，我能从报纸或是电影上看到。他神情傲慢，两撇小胡子像两把牙刷，靠近左侧太阳穴的额发打了个卷儿，像蜥蜴的尾巴。两张照片给我的感觉都很不舒服，不过老师说他们两个都是世界上最与众不同的杰出人士。考虑到老师口中他们的重要性，我有时会怀疑父母是不是说错了。

人群中突然爆发出疯狂的欢呼声，姑姑也一起尖叫起来。我知道是他们两个人到了。之前心中的坚定意志霎时间烟消云散，我经不住诱惑，很想看他们一眼。这种好奇心不断地膨胀，让我无从抗拒。于是我不但没有闭眼，反而把眼睛睁得大大的。然后我看见了他们，眼睛也没有变瞎。因为我看见的和父母所说的并不一样，也与老师告诉我们的不同。我看见了两个和众人一般模样的普通男人，一胖一瘦，和照片上的样子完全不同。胖的那个人笑得一脸和善，他把双手往腰间一叉，和那些粗鲁的洗衣女工一模一样。而且他并没有戴钢盔，而是戴着一顶漂亮的小帽，中间插了一根白色的羽毛，略显轻浮：去剧院看戏的夫人们戴的就是这样的帽子。这样的墨索里尼看上去滑稽可笑，并因此显得单纯无害，让人直想问问他，帽子上的那根羽毛到底有什么用？是测量风向风速，还是驱赶讨厌的苍蝇？瘦的那个倒是顶着一张不冷不热的臭脸，两撇牙刷一样的胡子看上去更像是为了掩盖抓痕而贴在鼻子下面的膏药。他这个样子显然不会让我感到恐惧，虽然我通常都会十分害怕那些留着小胡子的成年男子，比如那个卖冰激凌的小贩。他的胡子更长一些，梳得整整齐齐，两端还略向上翘起。每当我在香草或巧克力口味、无花果或萨芭雍[①]口味间犹豫的时候，他都会冲我大喊："你到底要什么味道的冰激凌？赶紧选，难道你要让我等到天黑吗？"然后我就会被吓得随便选一个口味。如果希特勒是个冰激凌小贩，这样的事一定不会发生。那块膏药似的胡子太好笑了，让他整个人显得温柔了许多。我更愿意让他做那个冰激凌小贩，因为他肯定不会冲我大喊大叫。他会耐心地等待我在香草或巧克力口味、无花果或萨芭雍口味间做出一个选择，说不定他还会答应把四种口味混在一起，装进蛋筒里：现在这个卖冰激凌的大叔从来不肯这么做。我不明白母亲为什么认为他是一个好人，一个无政府主义者。在这个所有人都疯狂地喊着"领袖，领袖""元首，元首"的广场上，我更加无法明白为什么她和父亲都那么讨厌墨索里尼和希特勒，指责他们犯下了各种罪行、带来了无数灾难，并把他们叫作魔鬼、罪人、刽子手。我也不明白为什么老师会那么迷恋他们，认为他们与众不同、独一无二。也许是有什么误解？也许眼前的这两个人并不是墨索里尼和希特勒？我问

① 意大利的一种甜品，做法是用鸡蛋混合奶油、甜酒，浇在各种水果上。

姑姑："真的是他们两个人吗？"[11]

那天回家后我开心地喊道："妈妈！我见到希特勒了，他看上去还挺亲切的！"母亲扔下炒菜勺，狠狠地瞪着我："蠢货，白痴！我以后再也不会让你到斐贝姑姑那儿去了！"[12]

我的英雄

我在童年时期认识了很多英雄人物，因为我有幸成长在一个光荣的时代。我与他们相识来往，如同男孩子们收集花花绿绿的邮票；我与他们玩耍，就像女孩子们与布娃娃为伴。这些英雄们，或者说我认为的英雄们，充溢了我生命中大约十一个月的时光：一九四三年九月八日至一九四四年八月十一日，德军占领佛罗伦萨期间。就是在那段时间里，我对勇气的崇敬、对牺牲的信仰，以及对惧怕的惧怕臻于成熟。

我每天都能见到我的英雄们：在家中、在街上、在乡间。那时的我虽然还是个孩子，却已早早地抛弃了一切幻想，变得冷静、现实。我不会对任何事情置若罔闻或轻描淡写：每一次看见我的英雄们，我都知道这有可能是我们生命当中最后一次相遇。我爱他们，甚至愿意为他们当中任何一位献出我的生命：不再期盼盟军的到来，也不再渴望白面包和巧克力。我对他们尊崇备至，在战争结束之后，他们如一颗珍贵的宝石，永远在我心中占据着一席之地。[13]

盟军第一次轰炸佛罗伦萨时炸错了地方。他们原定的目标是德军用来运送武器和军队的铁路，可最后炸弹却落到了临近的居民区和多纳泰罗广场颇有年岁的公墓中。那是英国人的墓地，诗人伊丽莎白·芭蕾特·布朗宁①就埋葬于此。轰炸开始时，我和父亲就在圣母领报大教堂附近，离多纳泰罗广场不过三百米的距离。为了躲避轰炸，我们跑进了教堂。谁能体会到轰炸来临时的那种恐惧？每次炸弹落下，教堂坚固的墙壁就如同暴风雪肆虐下的树木般一阵颤动。彩色玻璃窗变成碎片，地板颤动，圣坛摇晃，神父大喊："上帝啊！帮帮我们吧，上帝！"突然间，我无声地啜泣起来。虽然没有发出任何呜咽之声，但还是被父亲发觉了。也许他认为是在帮助我，但是可怜的父亲啊，他做了一件错事。一个巴掌狠狠地落到了我的脸上。上帝呀，那是多狠的一下啊。然后他盯着我的眼睛，愠怒地说道：

① 伊丽莎白·芭蕾特·布朗宁（Elizabeth Barrett Browning，1806—1861），英国维多利亚时代著名诗人，代表作有《葡萄牙人十四行诗集》。

“女孩是不能哭的。”之后，从一九四三年九月二十五日开始，我就再也没有哭泣过。感谢上天，当禁不住双眼湿润时，我会闭上我的嘴。虽然我没有哭泣，但我的内心却比那些流泪之人更加悲痛。[14]

我的父亲爱德华多·法拉奇是佛罗伦萨抵抗运动的组织者之一，也是行动党在城内的军事指挥官。作为他的女儿，我也参加了反对法西斯和纳粹的抵抗运动。我被委以通讯员的职务，在佛罗伦萨城中和山间行动，给那些隐藏起来或是组成游击队的同志们送去武器、秘密发行的报纸和一些消息。我要在宵禁开始前把反法西斯海报贴在一面面墙上；还要走上街，钻进有轨电车，把它们塞进人们的兜里。曾有一段时间，我的主要任务是骑着自行车，陪同九月八号之后从意大利集中营里逃出来的美国人和英国人前往盟军势力范围。这种艰苦的旅程会持续好几天：去程五十公里，回来又有五十公里。路上我们还需要穿过好几道德军的路卡，不过对我来说这十分容易。因为当时我还是一个小孩子，梳着小辫，看上去稚气十足。有一次，在经过一个德军路卡时，一位原先被囚禁在集中营的南非人（已化装成铁路工人）从自行车上摔了下来。他骑车的技术实在是太糟糕了。我一边对他说着意大利语，一边把他从地上拉了起来。当时旁边的两个德国哨兵根本没有注意到我们。还有一次，当我正在市中心运送行动党的地下报纸《决不让步》时，一大包报纸突然掉了下来，散落一地。即使那样，我也没有引起丝毫关注。总之，很多任务之所以会落到我的头上，就是因为我能够在德军眼皮底下来来回回，却完全不引起他们的注意。

从一九四三年底开始，我就为城市游击队“正义与自由”工作，直到一九四四年八月佛罗伦萨解放。一九四四年初，我的父亲被捕了。德军发现了我们设在圭恰蒂尼街上的武器仓库：美军空投到乔维山上的武器都存放在那里。[15]

没有人知道我父亲在哪里，佛罗伦萨的日报只说他的罪名是叛国投敌。（所谓敌人就是英美人。）母亲说：“我要去找他。”于是她一所监狱接着一所地找。最后她去了纳粹设在特利斯特别墅的刑讯中心，甚至直接闯入他们头目的办公室。那个叫马里奥·卡利塔的家伙不仅承认父亲就在他手上，还用嘲讽的语气和母亲说：“女士，您可以回去换上丧服了。明早六点，我们会在帕尔特莱花园枪毙您的丈夫。我们可不会在过程上浪费时间。”我一直在想，如果我是母亲，会怎样应对。可每一次思考的结果都一样：我不知道。但我和大家一样，知道当时的母亲做何反应。她先是因巨大的冲击而呆愣了一小会儿，然后慢慢举起右手，指着马里奥·卡利塔，语气平静、吐字清晰："马里奥·卡利塔，明早六点，我会按你说的去做，穿上丧服。但如果你也是从娘胎里出来的人，我奉劝你早日将这些话告诉你的母亲。因为你的末日马上就要来了。"母亲甚至没有使用尊称，仿佛对面站着的，只是她的一个仆人。[16]

父亲和别人一起被刑讯了好几天，其间多次受到枪毙的威胁。[17]

三月的一天，我和母亲、妹妹获准去探望父亲。

我们装了满满一包的食物，但我记得十分清楚，包裹很快就被守卫们抢走了。然后我们和其他囚犯的亲人们一起，被推搡进一间简陋破旧的接待室，里面有一条长板凳和一张长桌子。桌子后面有大概十二个衣衫褴褛的人，其中一人嘴唇青紫，脸上也是青一块紫一块，肿得可怕，有一只眼睛甚至快要睁不开了。他面前没有人，于是我们三个坐了过去，静静地等着父亲。大概过了有一分钟，我们听到一个低低的声音："你们连声招呼都不打吗？"这是我父亲的声音，就来自于面前这个脸部严重变形、我们完全没有认出的男人。

父亲笑了，他咧开青紫的嘴唇，告诉我们不必担心，什么事都没有，什么事都不会有。他什么也没说，纳粹什么都不知道，所以他们没有枪毙他，最坏的结果也就是把他发配到德国去做苦力。离开的时候我问母亲："他们为什么要把爸爸打成那样？"母亲回答说："因为爸爸参与了政治，他在努力让这个世界变得更加美好，让人更加有尊严，让生活过得下去，哪怕只有一点点改变。"[18]

后来父亲奇迹般地被放了出来。我则继续为"正义与自由"做一些杂活。我负责保管一份名单，那份名单上有佛罗伦萨城中所有同志的联系地址、真名和化名。当时我和母亲还有妹妹奈拉、保拉栖身在一座修道院中。我在修道院的菜园子里找了一个南瓜，把它掏空，然后将所有的资料都塞了进去。从外表看，它和别的果实一样在藤条上摇摇晃晃，新鲜可人。至于那些秘密发行的刊物，我把它们藏在了麦秸堆下。托尔夸托·塔索广场发生屠杀那一天，我们被包围了。（修道院离广场非常近。）在法西斯士兵和德军的眼皮底下，我成功地把那些刊物带回室内，扔进火炉里烧了个一干二净。然后我将藏在南瓜里的纸片一张张吃了下去。当时除了这么做，我别无选择。可是后来我受到了严厉的斥责：佛罗伦萨解放前夕，因为我之前的行为，所有人的联系地址都没有了，无法召集游击队员。最后，他们通过各种渠道和方法艰难地聚集到了一起。

总之，尽管我还年轻，我已亲历了一整场战争，并且饱受它的折磨。在父亲被关押的那段日子，我们的住处遭受了多次轰炸。这是我童年和青少年时期记忆当中最黑暗的时刻：一颗颗炸弹从天而降，惊慌失措的人群四处逃散。我一次轰炸都没有错过：大概是命运和我开了个玩笑，每次我都能恰好出现在遭受轰炸的地点，却什么事都没有。在那段时间里，我有一种神奇的、甚至近乎超常的运气。但也恰恰在那段时间里，我开始讨厌战争，讨厌枪炮、炸弹等所有武器；我开始了解战争的不可理喻、愚不可及和歇斯底里。诚然我也以自己的方式参与了战争，但那仅仅是我保护自己的手段，当中绝不夹杂攻击他人的意愿。关于这段经历，我必须补充的是，当时的我虽然只是一个扎着小辫的小女孩，但是和如今加入越共的孩子们一样，我完全知道自己在做什么。但我不曾开枪，从未动手夺去任何人的生命，也没有参与任何一起流血事件。现在更是如此：在不可避免的情况下，我宁愿献出自己的生命，也决不会动手伤害他人。[19]

高中里的讨厌鬼

法西斯学校是文化的头号敌人。在抵抗运动——这场继复兴运动[①]之后最伟大的文化事件中，我终于得以从法西斯学校的愚弄中醒悟过来。

在那段光荣的日子里，我仅有的读物就是贴在墙上的传单和同志们托付给我的秘密刊物《决不让步》。当佛罗伦萨终于被解放时，我无视父母的禁令，迫不及待地举起了酒杯。[20]

在师范学校学习了一段时间后，我转入伽利略预科学校，之后我就升入了伽利略中学：一所文科高中。在此之

① 指 19 世纪至 20 世纪初期亚平宁半岛内各个国家或分裂的政权统一为意大利王国的过程。

前，我一共跳了两级。[21]

那是一九四五年，当时我的高中以严格的教师而出名。我是一个有些特别的女孩，心理上与别的学生格格不入。一是因为我跳过了小学五年级和预科的五年级，所以比别的孩子们要小两岁；二来，我与他们所受的思想文化教育也不相同。我的父亲是意大利民族解放委员会的成员，也是游击队“罗塞利旅”的队员，因为他的缘故，我像一个成年人一样参与了抵抗运动。一九四五年，我以普通士兵的身份从自由志愿者团（后被纳入意大利军队）退役。当时我已是行动党的成员，在那里，我认识了许多杰出的人物，如皮耶罗·卡拉曼德雷伊、费卢西奥·帕里、里奥·瓦利亚尼、埃米里奥·卢苏、阿诺尔多·弗阿。[22]

那时的我急躁又贪婪。我放弃了学校课程硬塞给我的希罗多德①，却对卡洛·罗塞利②的政论作品、马克思的《共产

① 希罗多德（Herodotus，公元前 480—前 425），古希腊作家、历史学家，著有史学著作《历史》。

② 卡洛·罗塞利（Carlo Rosselli，1899—1937），意大利政治运动领袖、历史学家、激进反法西斯主义者。

党宣言》、安东尼奥·葛兰西①以及萨尔韦米尼②的作品撒不开手。我不再用代数方程式折磨自己，而是开心地沉浸于那些之前一直被我忽略的小说之中。自由志愿者团给一名普通士兵的退役安置费是一万四千五百二十四里拉。当时我迫切需要一双像样的鞋子，因此我先用这些钱买了一双新鞋，剩下的就都花在了书上。布鲁诺伯伯想让我了解一下美国文学，他给我开了一张书单，列上了《白鲸》《匙河集》，以及霍桑的《红字》和惠特曼的《草叶集》。我把它们连同福克纳、海明威、伍尔芙、纪德以及果戈里和高尔基的书一起买了回来。[23]

一天早上，我去伽利略中学对面的书店买对数表，然后就在收银处看见了它：娜塔利娅·金兹伯格③的作品。那是一本很小的册子，封面上是莫蒂里安尼④绘制的肖像。时至

① 安东尼奥·葛兰西（Antonio Gramsci，1891—1937），意大利社会主义思想家、意共创始人和领导人之一，提出了对后世影响深远的“文化霸权”理论。

② 萨尔韦米尼（Gaetano Salvemini，1873—1957），意大利社会主义政治家、反法西斯主义者、历史学家和作家。墨索里尼当政期间流亡国外。

③ 娜塔利娅·金兹伯格（Natalia Ginzburg，1916—1991），意大利女作家，代表作品《家庭絮语》。

④ 莫蒂里安尼（Amedeo Modigliani，1884—1920），意大利画家、雕刻家，擅长肖像画。

今日，我仍记得小说的第一句：“我朝他的眼睛开了一枪”。我身上的钱刚好够买对数表，但我却用这笔钱买了那本书。我很快读完，并且在随后的好几个月里一直把它带在身边。它像课本一样被我揉得皱皱巴巴，上面还写满了这样的字句：“复习柏格森和实用主义”“记得要看希罗多德”“去借对数表”。封面的勒口上有娜塔利娅·金兹伯格的相片：她的长相偏男性化，棱角分明，神情中暗含一丝悲痛。我喜欢她的长相，这样的面庞看上去似乎不该属于一位女作家，反倒与我的一位阿姨更为相似：那是一个能干的女人，她朴实无华、绝不卖弄风姿，她将孩子们照顾得面面俱到，并热衷于将家里打扫得一尘不染，却也照样为电影疯狂……[24]

我并不是那种戴着眼镜、满脸青春痘的书呆子。相反，我活泼开朗、能言善辩，甚至不服管教、蛮横无理，我的坏脾气还经常把老师气得火冒三丈。

我并未将自己局限于书本之中。我就像酿酒桶里的一粒葡萄，和无数人一同投入了战后思想与意识形态酝酿、汇集、爆发的潮流之中。比如，我会参加行动党的集会。我还听过许多人的演讲，其中有皮耶罗·卡拉曼德雷伊、恩佐·恩里克·阿尼奥莱蒂、特里斯塔诺·科迪尼奥拉、卡罗·福诺、卢多维科·拉奇安第。还有些人是从罗马来的，比如埃尔内斯托·罗西、费卢西奥·帕里、里奥·瓦利亚尼、里卡尔多·伦巴第、钱卡、卢苏和拉玛尔法多等，这些人的讲话让我明白了第一轮罢工的意义，也让我理解了父亲新近投身的工作，他与人共同建立工会，奠定了托斯卡纳地区工会运动的基础。我去听陶里亚蒂①和加斯佩里②的公开演说，并在学校展开相关讨论。也许是这一切在单纯的我看来很新鲜，也可能因为彼时的政治活动和工会运动表达了有识之士的心声，我觉得自己从中学到的东西，远比书本中的启蒙运动和平方根教给我的多得多。[25]

我那个年纪的孩子本不该经历的事给我留下了创伤，不切实际的梦想给我造成了幻觉，我一心想要改造这个世界，也因此常常惹恼老师。每当我举手想要提出不同意见或参加讨论时，哲学老师就会讽刺道："让我们来听听这个讨厌的家伙想说些什么，要不然她会说我们堵上了她的嘴。"上一年的冬天，我与班里的两位同学乔·拉马特和皮埃罗·乌戈

① 陶里亚蒂（Palmiro Togliatti，1893—1964），意大利共产党创始人之一、前意共总书记、工人运动和国际共产主义运动活动家。

② 阿尔契德·加斯佩里（Alcide De Gasperi，1881—1954），意大利共和国前总理、天主教民主党主席，二战期间曾组织反法西斯活动。

里尼组建了一个学生联合会，但是没能吸引任何人入会。我们还想组织一次罢课，结果也没有人把此事当真。当时我认为，学生属于脑力劳动者，也应该获得相应的工资。为此，我甚至与《民族报》的一名印刷工人“密谋”，印出了自己的宣传页。尽管如此，老师们还是十分喜欢我，我也深深地爱着学校。我学习认真到近乎苛刻的地步，也通常能得很高的分数。得高分对我来说是必要的，因为我要获得八分的平均分。我的父母为了给我买书，并供我在富人学校学习，已经做出了很大的牺牲。如果我的平均成绩能够达到八分，他们就可以不用为我支付学费。[26]

那是知识的春天，它如此美妙，就像巧克力一样香甜。[27]

我的毕业考试结果十分圆满。那一年的考试格外困难，许多人被考官判定不及格。[28]

我还记得，随着那年春天的到来，一则消息广为传播：战争的最后两年以及战后那年，考试过于宽松，许多不学无术的人居然也能够高中毕业。为了弥补这个过失，国家教育部勒令加大考试难度：该不及格的学生就一定不能通过考试，绝不留情面。这个消息让我十分害怕，于是我比平常加倍认真地投入到课业当中，不过周末，不度假日，不给自己任何休息的机会。我埋头苦读到深夜两点，清早五点时又起床重新开始学习。《伊利亚特》《奥德赛》《埃涅伊德》，《地狱》《炼狱》《天堂》，斯宾诺莎、培根，神圣同盟，相对论，质量与速度的关系：我那可怜的体重为此一度下降到三十七公斤。这种过度的勤勉让我神经衰弱，以至于睡梦中我都在解代数方程或是背诵描述赫克托耳之死的文字。“Os oi men katástipe, fízote, éute nebrói, ídro apépsiconto pión tacheónto te dípsan…”（诸如此类的句子。）后来我失忆了，在第一科笔试，也就是意大利语的考试中，我甚至记不起但丁·阿利吉耶里是谁。我双脚冰冷，紧张得快要窒息。收缩的胃把萨芭雍的味道不断挤到我的嘴里，那是母亲强迫我吃下去的，说是能让我“精神起来”。然后老师公布了作文的主题：“希腊城邦至今的‘祖国’概念”。这下更糟了，这个主题点燃了我心中幼稚的叛逆之火和理想主义的余烬。我身上的寒意消失了，心中的焦虑也随着嘴里萨芭雍的味道烟消云散。我挥动着手中的自来水笔，像一头咆哮的狼，扑到试卷上，写了满满八栏。下面基本上就是我那篇作文的梗概。

祖国，什么是祖国，谁的祖国？是奴隶们的，还是那些拥有奴隶的所谓公民的祖国？是迈雷托士[1]的祖国，还是被自己国家的法律处以死刑的苏格拉底的祖国？还有那些斯巴达人，他们说着和雅典人一样的语言，却和雅典人争斗不休，就像是数千年之后的佛罗伦萨人和锡耶纳人、威尼斯人和热那亚人、法西斯主义者和反法西斯主义者。那么到底是谁的祖国，雅典人的还是斯巴达人的？虽然我早就学会了那些关于祖国的词汇：爱国心、国家自豪感、国旗，但到现在我还不明白祖国到底是什么。墨索里尼在说祖国，那些在一九四四年三月逮捕了我的父亲、虐打他、威胁他“你要是不坦白我们明天就在帕尔特莱枪毙你”的意大利社会共和国士兵也在说祖国。还有希特勒，还有维托里奥·埃马努埃莱三世和巴多格利奥[2]，他们也时刻把祖国挂在嘴边。那意大利是谁的祖国？他们的，还是我的？还有法国人，哪一个是他们的祖国？戴高乐治下的法国还是贝当治下的[3]？

---

① 苏格拉底的指控者，他受人唆使起诉苏格拉底，致使苏格拉底被判死刑。

② 前者为二战期间意大利国王，沦为墨索里尼傀儡；后者为二战期间意大利首相，支持墨索里尼。

③ 贝当和戴高乐分别为 1940 到 1944 年间法国维希政府元首和自由法国元首，其中维希政府为纳粹德国占领下的傀儡政府，自由法国为反纳粹抵抗组织。

对于一九一七年的俄罗斯人民来说，列宁领导下的俄国和沙皇统治下的俄国，哪一个又是他们的祖国呢？关于“祖国”这个词，这样的例子我还有很多，人们为了祖国厮杀、死去。我的祖国就是我的世界，可我却无法简单地确认它的风俗、语言和边界。成者为王，败者为寇，国家的边界也随着他们之间的此消彼长而发生变化。比如那些生活在伊斯特里亚半岛上的人们，直到昨天，他们的祖国还是意大利，他们为它战斗，为它牺牲；可是今天，他们为之战斗、为之牺牲的祖国却叫作南斯拉夫。祖国的概念如同四季流转般不断变化，与其给我们这样的一个作文题目，不如让我们写一写“自由”这一主题。自由这一概念不会因为胜利者和失败者的不同而改变，每个人都明白它意味着什么。自由意味着尊严，意味着对自己和他人的尊重，意味着对压迫的反抗。我们要记得，那些在监狱中、在酷刑下、在纳粹死亡营里死去的人，他们在行刑队前高声呐喊的是“自由万岁”，而非“祖国万岁”……

老师们为我的作文争论不休。考试委员会的一部分老师觉得我是个疯子，思想幼稚；另一部分老师则认为我逻辑清晰，思维极其成熟。显然后者最终获得了胜利，我得到了十减。没有得到十分是因为我在写作文时心情激动，不小心犯了一个拼写错误。人们戏言说，只有教皇去世时，上帝才会心有怜悯，让某个人在毕业考试中取得十分；再加上今年考试老师们给分都特别严格，大批大批的学生被卡在及格线外，所以我得十减的事引起了轰动。考试委员会的会长是著名的病理学专家博尔济教授，后来他成了佛罗伦萨大学受人尊敬的校长。在口试时，他对我说："您的文章引起了我们的争论。一部分人说要给您零分，另一部分人说要给您十分。最后我们决定给您十减。"然后他又说："您文笔很好。长大后您想做什么？""写作。"我回答道。当我说出这个词时，那些因为神经衰弱而遗忘的东西瞬间回到了我的记忆中，帮助我成功地完成了之后的考试。我近乎完美地解释了什么叫作胃蛋白酶、胰淀粉酶和消化系统；描述了布鲁内列斯基①的穹顶、奥匈帝国、希罗多德和塔西佗②。我就康德的问题侃侃而谈（这可是我的拿手好戏），让马里奥·曼里奥·罗西——就是那个总嘲讽我，说"让我们来听听这个讨

① 布鲁内列斯基（Filippo Brunelleschi，1377—1446），意大利文艺复兴时期建筑师，设计建造了佛罗伦萨圣母百花大教堂的穹顶。

② 塔西佗（Tacitus，约 56—120），罗马帝国时期历史学家、文学家，著有《编年史》等著作。

厌的家伙想说什么”的哲学老师——欣喜若狂。我甚至还让老师们以为我弄懂了爱因斯坦的相对论。在数学和物理考试中，我的表现没有那么出众。这是真的，因为我讨厌这两门课，所以相对于别的科目来说，我花费的精力也比较少。不过曼西内利老师似乎忘记了多年来对我的责备，他冲我眨了眨眼，对别的老师说：“她已经累了，不过我看得出来她好好复习过。好了，我的问题问完了。”然后他慷慨地给了我一个七分，虽然我自认完全达不到这个分数。再加上一门课的七分，两门课的九分和后面的一堆八分，我终于拿到了那个讨厌的平均分，可以不用交学费。然后我听从布鲁诺伯伯的建议，报考了医学专业。这位著名的评论家、记者认为，想要成为一名作家，根本就没有必要去学习英语或文学专业。几个月后，我成了犯罪专栏的记者。[29]

远去的医生梦

高中毕业之后，终于该上大学了。我没有选择文学、哲学或是政治学专业，而是选择了佛罗伦萨大学医学系，这是所有人都没有料到的。他们都在问，你不是要成为一名作家吗？医学和写作有什么关系？大家都以为我只是一个不知道自己到底在做什么的孩子，我的选择也不过是一时兴起。（我用“孩子”这个词来描述自己十分恰当，因为我早了两年读高中，当时只有十六岁，所以确实还算是个孩子。一开始大学甚至不愿接收我，他们说我必须等到十八岁，或者至少十七岁才能入学。）他们取笑我，摇着头说我一定是疯了。只有一位伯伯坚决为我辩护（我的布鲁诺伯伯，他是一位伟大的记者和文人），他说：“这孩子做得没错。成为作家只有两条路：一是索性不要上大学，因为再聪明的人到了大学也会变成傻子；二就是学习医学，虽然你还是不得不进入大学，但它起码是一门十分严谨的学科，也是所有学科中最具有人文主义精神的。”

这恰恰是我当时心中所想，时至今日我也仍然这么认为。没有任何学科能与“人”如此紧密相连，能如此熟悉“人”，了解“人”。我所说的“人”，不是指人类的躯体，而是他们的思想，他们的灵魂……

所以当年那个一心想要成为作家，却报考了医学专业的十六岁女孩并没有做错。当时我也确实因成为一名医学系的学生而感到无比自豪。生物学、生理学和病理学为我提供的关于“人”的知识如大海般浩渺。我深爱这些知识，为此甚至强迫自己去做无聊的事——记下人体每一根骨头的名字(我尤其讨厌其中的一根骨头：蝶骨)。我还强迫自己上解剖课，承受解剖尸体时的痛苦。(啊，那些碎肉多么可怕，还有满眼的血腥和令人作呕的气味！我真受不了！可是想到以后能作为战地记者前往战区我又很开心，纵使我不得不忍受那里所有的鲜血、尸体、恶心的气味和四散的碎肉。)[30]

我在医学系并没有待多久。仅凭我自己完全负担不起大学的费用，我父亲从一开始就和我说明白了，他没有钱让我继续学习六年。于是我不得不去工作，以便赚钱支付大学的学费和生活费。然而事实很快就摆在了我的面前：一边工作，一边学习医学这样繁重的专业是一件根本不可能的事。[31]

唉，我没有完成医学系的学业，永远都不能成为医生了。事实上，我无条件支持布鲁诺伯伯的观点：大学能把最聪明的人都变成傻子。我没有真正地大学毕业，现在我拥有的只是荣誉学位。但我放弃医学的真正原因是那时的大学不像现在这样免费。那时的学生需要自己承担完成学业的所有费用（所以有一些职业是那些富人或者相对比较有钱的人才能从事的）。医学恰恰是最费钱的一门专业，我的家庭与有钱也完全搭不上边。于是，为了继续学业，我找了一个记者的工作：早上八点半到下午五点半在学校上课，下午五点半到凌晨三点在报社工作。我随最早一批送报纸的小货车回家，接着七点就得起床准备上学。每天早起时我都困得直想哭，十八个月内，我的体重就下降到了三十四公斤。[32]

于是我被迫要做出一个选择。在未来很多年之内都无法让我获得报酬的医学与已经能够让我获得薪水的工作之间，我选择了工作……

这样的选择让我有一些遗憾，但此种情绪并不十分强烈。上解剖课的时候我就知道，这个职业并不适合我。看见尸体会让我感到恶心，解剖手、脚或是面部也会让我深深地不安。而且学习医学需要死记硬背，这并不是我擅长的。我很快意识到，我生来就是一个不甘平静的人，这样的性格注定了我不愿过那种规律的、按部就班的生活。

我想出去看看这个世界，去旅行，去认识形形色色的人。学医是一个错误的选择，因为我学医并不是出于单纯的喜好，而是出于对这门学科和这个职业深深的钦佩与敬仰，以及对自己一无所知的科学领域的崇敬之情。毫无疑问，如果我坚持下去，如果我能够克服自己的恐惧和十六七岁时的犹豫不决，如果我没有那么快把注意力转移到报社的工作上，如果我有足够的钱，我一定能成为一名医生，而且是好医生。因为当我真的想做一件事时，我一定能把这件事做到底、做到最好。可是如果我真的成为一名医生，我不确定自己能否幸福，能否体验完整的人生。[33]

第一份工作，第一次被解雇

十六岁半的时候，我在没有任何人推荐的情况下，走进了佛罗伦萨《意大利中部晨报》主编的办公室，请他为我提供一份工作。

我为什么会单单选择去报社呢？我只是自然而然就有了这样的想法。事实上，除了去报社做记者，我从没有考虑过别的工作。我当时看上去比实际年龄要小，还穿着短袜和平跟鞋，完全没有化妆，再加上我长得又矮又瘦，所以主编刚开始时对我面带嘲讽。他让我试着写一篇专题新闻。我规规矩矩手写了一篇，顺带暴露了我连打字机都不会用的事实。主编一边嚷着“在报社大家都用打字机，从来没有人会手写文章”，一边把我扔到一台打字机跟前。那天下午让我觉得如此漫长，但好歹我还是用一根手指把我的稿件打了出来，而且还很神奇地发表了。在那篇文章里，我讽刺了那些带女儿们去阿尔诺河畔舞厅，以期她们能在那儿找到丈夫的母亲们。

以那篇文章为起点，我又写了许多报道，并很快成为黑色新闻记者，就是那些负责报道犯罪、灾祸等新闻的人。每天我都要骑车前往市郊的警察局、医院，有时一天甚至要跑两三趟（其他人都是驱车前往）。到了晚上，我还要撰写地方专栏的文章。那时我常常工作到凌晨两三点，然后搭乘报社往火车站运送打包好的报纸的头一班车回家。第二天我要七点起床，八点上学。虽然有时下午才有课，但我总是又累又困。短短几个月内，我的体重就下降到了三十八公斤，接着又降到了三十七公斤。后来我病了，就是在那时，我决定要放弃大学学业，全身心地投入到报社的工作中去。

显然我的选择没有错。十七岁时，除了原先的工作，我又开始为法律诉讼专栏撰写报道。我先是报道初审法院的案子，然后是大审法院、巡回法院。当时我已经正式成为《意大利中部晨报》的一员。几年来我报道了诸多诉讼类的新闻，其中也不乏一些知名案件。在我年满二十岁的那天，我给《欧洲人》写了一篇新闻稿。那时，阿里戈·贝内德蒂[①]

① 阿里戈·贝内德蒂（Arrigo Benedetti，1910—1976），意大利著名作家、记者，1945 年创办了新闻杂志《欧洲人》。

领导下的《欧洲人》印刷量十分巨大，规模类似于今天的《快报》。

为《欧洲人》工作一直是我埋藏在心中的一个梦想，它是当时最具声望、最负智慧且最为卓越的刊物。但我一直不知道该如何实现这个梦想。有一天，在费耶索莱①发生了一件很有意思的事：一位共产党人去世了，但教会拒绝为其主持宗教葬礼，也不让他葬入教堂墓地。于是其他党员打扮成神父的样子，背会了葬礼上的祈祷文，为他举办了一场宗教葬礼。我写下这个有趣又感人的故事，并把它寄给了贝内德蒂。他在《欧洲人》上发表了这篇文章，配以巨大而精彩的标题：《在费耶索莱，上帝也需要人类》。就这样，我开始了与《欧洲人》断断续续的合作，只在我被《时代》聘用期间暂停过一段时间。[34]

我第一次在《欧洲人》上发表文章时只有十九岁②。布鲁诺伯伯为此从米兰打电话来训斥了我："你以为你是谁，海明威吗？"说完他挂断电话，不再理会我，直到我发现他成了另一家周刊《时代》的主编。[35]

---

① 意大利佛罗伦萨北部城镇。

② 此处疑为作者笔误，前文提到她给《欧洲人》写新闻稿时年满 20 岁。

（在此期间，我同时作为通讯员为《时代》撰稿，直到因政治原因被《意大利中部晨报》解雇。）《意大利中部晨报》是一份天主教民主党的报纸，虽然我没有正式注册入党（我唯一加入过的党派是后来解散了的行动党），但我支持社会党。所以在很多方面我都与其格格不入，被解雇也是早晚的事情。[36]

我是突然被解雇的，因为我违反了"雇佣文人"的准则。是的，"雇佣文人"，真是一个可怕的词。他们让我写一篇满是谎言的文章，用来诋毁某位著名领导人的群众集会。（陶里亚蒂。）对于这样的行为，我不赞同，也深感厌恶。这样的文章我是不会署名的。我气愤地告诉他们，在我的文章里绝对不可能有谎言存在。社长（一个肥胖、傲慢的天主教民主党人）回答说，所谓新闻记者就是一群雇佣文人，为了报酬写文章。"没有人会往自己吃饭的盘子里吐口水。"我反驳社长，说他可以在那个盘子里吃东西，但我在成为雇佣文人之前，一定会先把自己饿死。于是我很快就被解雇了。

我不曾为钱写作，也永远不会为钱写作。永远不会！[37]

别了，佛罗伦萨：从《时代》到《欧洲人》

我作为编辑正式加盟了《时代》，在被《欧洲人》聘用之前，我在《时代》待了两三年。[38]

从职业角度来说，这是我生命中最黑暗的一段时光。布鲁诺伯伯只让我做一些琐碎的、无关紧要的工作，虽然我也曾抱怨，但他完全不予理会，我只能绝望地放弃。[39]

伯伯很爱我，但他时时刻刻都担心被看作一个任人唯亲者，所以从来都不让我写重要的报道。有一次甚至还让我写了一篇关于冰激凌的文章。[40]

不过我还是很爱我的伯伯，他是那样的睿智。这并不奇怪，在我家里所有人都喊他“多头怪”，语气温柔又略带醋意。

他树敌不少，主要是因为他脾气暴躁，遇见傻瓜也毫不避讳喊他们“蠢货”。当伯伯去世的时候，人们甚至忘了感谢他创办了那么多的报纸，感谢他像母鸡抚养小鸡一样培养了那么多知名的意大利记者。这些人几乎都受到过他慷慨的帮助和庇护，而我是极少数的例外之一。他极其担心被人指责偏袒亲戚，可以说像讨厌阿谀奉承一样讨厌这种裙带关系。

伯伯有一个可爱的习惯，就是鼓励女人们追求自我修养。到他年老的时候，我终于得以受益。那时我已独自站稳脚跟，伯伯很满意，他说再也没有人问他奥莉娅娜是不是他的侄女，而是问他是否是奥莉娅娜的伯伯。于是他终于可以放心大胆地帮助我，不用担心有人因此指责他偏心。他开始与我交流、会面，还写信告诉我如何理解事物，如何用一种简单的、大家都能接受的方式描述这些事物，然后毫不畏惧地写出来。“记者的首要职责是永不厌烦自己的工作，其次是不能害怕，第三是不能马虎对待任何事情。”一九六七年，我听取伯伯的建议，申请以战地记者身份前往越南。[41]

* * *

大概在一九五四年，我厌倦了一直待在佛罗伦萨。在丝毫不知自己将在哪里落脚的情况下，我就把为数不多的几件东西塞进唯一的行李箱里，坐上了开往罗马的火车。那是罗马的辉煌时期，威尼托大街富庶繁华，无数美国明星怀着朝拜的心情纷至沓来。我在那里租了一间小屋，待了一年，为《欧洲人》报道当地的事件。

那些事件大多轻佻肤浅，在我看来无聊至极。我严肃的态度与那里的环境格格不入，这与我在游击队度过的那段日子有很大的关系。

我感到不满和失望，因为我所报道的事件只是这个城市的表面。虽然这些事件像年轻人一样充满朝气，但显然缺乏深度。不过年轻人通常就是肤浅的，因为他们沉溺于自我，不懂得包容。正如彼得罗·南尼[①]所说，年轻人总认为他们是世界的创造者。一年之后，当《欧洲人》把我派往米兰的编辑部工作时，我很高兴能够离开罗马。虽然米兰并不令我

---

① 彼得罗·南尼（Pietro Nenni，1891—1980），意大利政治家，曾任意大利社会党主席，早年和墨索里尼一起游行、入狱、当兵、办报，后来双方分道扬镳，南尼成为著名的反法西斯战士。

十分神往，但我觉得它是一个严肃的、值得尊敬的城市，我在那里工作了八年。对于我来说，米兰并不是一个令人愉快的城市，但那八年里我一直东奔西跑，这恰恰是我所希望的。其实我很早就开始独自旅行了，十八岁时我去过英国、爱尔兰和法国。我不仅是去简单地看一看，还想了解这些法西斯肆虐下父亲口中所谓的"民主国家"。在那之前我根本不知道什么是"民主"，因为我出生时墨索里尼早已执掌政权，他的独裁统治笼罩了我的整个成长时期。

我和许许多多普通人一样在米兰生活，为《欧洲人》四处奔波。一九五五年，我第一次去了美国。一九五六年，我前往匈牙利报道匈牙利革命事件（但我没有抵达布达佩斯，我们在匈牙利西北部的城市杰尔被俄国人拦了下来）。之后，我走遍了欧洲所有的国家，其间还数次前往美国。在那里，我写下了我的第一篇长篇连载专题报道：《从锁孔窥视好莱坞》。大约在一九六〇年，我开始第一次环游世界，写一些女性题材的文章。我去了中东和一些东方国家，并以此经历为基础写出了另一篇长篇专题文章（《围绕女性的旅行》）和之后的一本书《无用的性别》（*Il sesso inutile*，1961）。对英语的掌握帮了我很大的忙。我很小就开始学英语，后来又自学了法语和一点西班牙语，德语和别的语言我就一窍不通了。哦，除了几个很常用的越南语单词。[42]

感谢《欧洲人》（我的名字经常出现在世界各地最具声望的报纸上，所以也谢谢它们），它让我得以像“蛀虫”一样寄生于历史之中，在历史发生的那一刻感受它；感谢《欧洲人》，它让我见证了历史的残酷与和平粉饰下的污秽；也让我认识、描述了那些被运气砸中获得权力，从而决定我们命运走向的大大小小的人物。[43]

LAVORARE,

VIAGGIARE

第二部分

PARTE SECONDA

×

工作，旅行

×

去全世界旅行

“工作”这个词使我的脑海中浮现出这样的影像：我站在床上，只有六七岁的样子，母亲正在给我穿一件毛衫。毛衫很粗糙，刺得我难受。我的个头只够得着母亲的脖子，为了能面对面看着她，我只能向后仰起头。于是我看见了母亲，正在哭泣的母亲。愤怒至极的她默默啜泣，对我说：“你绝对不能像我一样！你不能像我一样变成一个妻子、一个母亲、一个什么都不懂的奴隶！你要去工作！工作！走出去！走向这个世界！去全世界旅行！”我不明白母亲为什么总是那么忙，总是要干那么多的活儿。后来，在我少年时期的某一天，我向母亲说起当时的场景，问道：“难道你所做的不叫工作吗？”母亲回答：“不，那只是奴役。”[1]

初访德黑兰

还在罗马时，一想到要前往伊朗，我们所有人都非常激动。说实话，我们也不知道这是为什么。我的朋友古兹曼说，我们之所以兴奋，是因为伊朗属于东方国家，东方国家对于欧洲人来说无疑有一种不可抗拒的吸引力。

我们一行人包括五名新闻记者、三名摄影师和一名播音员，乘坐庆祝罗马至德黑兰航线开通的首次航班前往德黑兰。在洽米皮诺机场碰面时，我们相互打招呼，激动得像一群要乘坐火箭前往月球的人。

“我们乘坐的飞机已抵达德黑兰上空。”空乘小姐欢快的声音响起。飞机开始缓缓下降，一座恢宏的黄色城市逐渐展现在我们眼前。从高空看去，整个城市像被压扁了一样，长长的林荫大道把城市划分成一个个规整的矩形，低矮的小房子沿着道路一幢紧挨着一幢，形成无数个直角。巨大的白色大理石建筑被水池和绿色的花坛围绕，显得独特而珍贵：那是沙阿的宫殿。红色和蓝色的清真寺圆拱尖顶在阳光下闪烁，漂亮的塔尖像火柴一样又细又直。我们到达了伊朗，这里是大流士和薛西斯一世的土地，也是摩萨台①那孕育了丰富石油的土地；这个国家有朝拜初生耶稣的三王，有《一千零一夜》，也有王后索拉雅。[2]

采访王后索拉雅这件事让我们十分担忧，这种担忧从出发伊始就纠缠着我们，伴随我们度过了整个旅程，在我们到达德黑兰后变得愈加严重。在梅赫拉巴德机场下飞机后，我们向伊朗朋友们询问的第一件事就是如何才能尽快采访到索拉雅。朋友们惊愕不已："采访王后？去克里姆林宫采访马林科夫②吧，还能容易些。"我们问，当初在罗马时，记者采访索拉雅还没有那么困难，怎么到了德黑兰就变得这么复杂了呢？朋友们笑着向我们耐心地解释：在罗马，你们采访的是一位正在度假或者流亡的王后，而现在你们要采访的是在自己宫殿里的王后，还从来没有人能进入王宫与王后交谈。

① 穆罕默德·摩萨台（Mohammad Mosaddegh，1882—1967），伊朗政治家，1951年至1953年间出任民选的伊朗首相，任内推行伊朗石油业国有化。
② 格奥尔基·马林科夫（Georgy Malenkov，1902—1988），苏联领导人，1953年担任苏联总理。

沙阿的弟弟阿里·礼萨去世，举国哀悼，而且现在的日子十分艰难，法特米几个小时前刚被执行枪决[①]，许多官员也即将被判决。为了适应局势，任何召见、接待活动都从国王的日程安排中取消了。

我们失望地前往意大利大使馆，大使十分热情友善，答应处理此事。但是一天天过去，根本没有人和我们提及采访索拉雅的事。古兹曼、巴尔比辛迪和我变得异常暴躁，都快成敌人了。我们相互监视，以防有人独自前往王宫；我们彼此窥探，当其中一人略显可疑时，另外两人会立即结成临时同盟与之抗衡；我们设置陷阱，以期发现另外两人的真实意图。比如我们会在半夜打电话问："你什么时候去采访索拉雅？"因为我们相信人在半睡半醒时一定无法说谎。那时的我们就像小孩儿一样令人讨厌、惹人恼火。

我的朋友马赞迪对下面的这件事一直津津乐道。故事开始于一个通知，在一场鸡尾酒会上，大使冲我挤了挤眼睛："恭喜啊，"他低声说，"你马上就能见到王后了。只有你哦，别人见面的请求都被拒绝了。""真的吗，大使阁下？"我忍不住大声尖叫，兴奋得甚至忘了询问会见王后的日期。与我

① 法特米系首相摩萨台紧密盟友，伊朗外交部部长。1953 年伊朗政变，国王巴列维夺回政权后下令将其处死。

举杯庆祝的大使也把这事忘得一干二净。之后我表现得实在过于兴奋和健谈，以至于巴尔比辛迪疑惑地看着我："你怎么看上去像是能去见王后了一样。"他的情绪十分恶劣。"是呀，"我回答他，"我确实马上就能去皇宫见她啦。""好吧，"他显然认为我是在开玩笑，"那记得替我向王后问好。"

次日起床时我已经对采访胸有成竹。为了庆祝，我邀请所有人一起在德黑兰转转。我们先去了集市，然后是博物馆、卖地毯的市集以及礼萨汗的陵墓。最后，我们去了苏林餐厅用餐。那是整个德黑兰最雅致的餐厅，经营者是沙皇的一位前任官员。天快黑的时候，我们实在没地方去了，就往大使馆的方向走去。一进入使馆，我们就发现一群异常激动的人。"这简直闻所未闻，"其中一人说，"真是可耻啊。""沙阿也很生气，"另一人说，"这会导致两国关系的复杂化。"还有一个人激动地挥动双手："从来没发生过这种事情。""这到底是怎么了？"我问一个接待员。"您还不知道吗？"他回答道，"王后答应接受一名意大利记者的采访，可那个记者居然没有赴约。"我脊背发凉，结结巴巴地问道："她应该几点去？""十一点。"我看了看表。下午六点。索拉雅等了我整整八个小时[1]，而我居然一无所知地在德黑兰闲逛，庆祝一个已然失之交臂的采访。

我蹑手蹑脚地离开，以防被别人发现。回到旅馆时我真想大哭一场。据我所知，即使在民主盛行的今天，也没有人会让一位王后等候自己。我的所作所为可谓无礼至极；作为一名记者，我也失去了职业生涯里的最佳机遇之一。绝望中，我拨通了乔伊的电话。“乔伊，”我说，“发生了一件很糟糕的事。王后一直在等我，可我居然完全不知道。”“什么？”乔伊大声喊道，随后就挂断了电话。他也气坏了。当一位美国记者也开始生气时，那事情可就真的糟透了。我慢慢走向旅馆大门，不知如何是好。走到门口时，我发现自己被二十来个记者和摄影师包围。站在最前面的乔伊把我推进旅馆大厅，让我告诉他到底发生了什么。接下来的一切就像一场冗长的记者招待会：他们询问了我将近一个小时。整件事情对于他们来说既新奇又有趣。第二天，所有的报纸上都将会是有关我的新闻和照片：《让王后等待的人》《她本与王后有一场对话，却前往集市闲逛》。这比错过对索拉雅的采访还要糟糕，我心里更加绝望。为了宽慰我，乔伊决定带

① 此处疑为作者笔误，应该是七个小时。

我去参观古列斯坦王宫。他送了我许多甜品、开心果和精致的象牙制品，还给我买了一份十分古老的报纸、一只用来吸食鸦片的烟斗，甚至还有一只活火鸡。乔伊温和耐心，仿佛在安慰一个经受巨大磨难的女孩。“别在意，”他一边陪着我在城市里穿行，一边对我说，“起码你还能写一写让王后等你的故事，不是所有人都能碰上这样的事儿。”我们正说着话，一个士兵拦住了我们。他询问了我的姓名，甚至还要看我的护照。“他一定是把我当成另一个人了。”我对乔伊说。“不，”乔伊的波斯语和英语一样流利，“他们找的就是你。”士兵很着急，让乔伊跟上他。我们上了一辆出租车，开始穿过整个城市，而那士兵就在一边盯着我。

“他想干什么？”我问乔伊，开始担心起来。“谁知道呢，”他回答，“也许他们想逮捕你吧，你居然让王后等你。”我瞥了一眼士兵，他还是像刚才那样冷冷地看着我。毫无疑问，他们要逮捕我了。我想着自己这奇怪的命运，心里充满忧郁：我来到伊朗，最终却要走进监狱。带着一份悔意，我想起了我的父母、妹妹，以及他们在得知我因为让王后等待而被关进德黑兰监狱后的表情。“乔伊，”我绝望了，“他们会枪毙我吗？”乔伊摇了摇头：“我觉得不会，毕竟你是个外国人。”他看上去似乎兴致勃勃，这让我冒出了一个疯狂的想法，想狠狠扇他几巴掌。我正要这么做时，出租车却在一扇典雅的大门前停住了。我们下了车，穿过一个花园，走进一间装饰华丽的欧式风格房子。这里不是兵营，我想着，稍稍放心。这时，一位看上去十分尊贵的先生笑着走了进来，几乎要抱住我。他是王宫总管。“愿真主保佑你。”他说着，重重地松了口气，“感谢真主，我们终于找到您了。我派出了所有人，希望能在城里所有身材娇小、金色头发的外国人当中找出您。快去换身黑色的衣服吧，王后正在等您。事情发生后，王后十分想认识您，所以又重新安排了一场会面。”

回到旅馆，我换上礼服，和乔伊一同前往王宫。乔伊笑个不停，他从一开始就知道为什么那名士兵命令我们跟他上车。“现在你真的要变成这个城市里最出名的女孩了。”他说。我根本来不及让乔伊好好解释这一切，在王宫前一下车，我就再次陷入了摄影师和记者们的包围。接下来的一切大家都知道了。一队全副武装的卫兵把我们交给一位官员，这位官员又把我们交给另一位官员，如此重复。就这样，我被护送着穿过王宫的花园，登上正厅的台阶，经过了无数个大厅，欣赏了世界上最美丽的地毯之后，我终于被带到了会客厅。会客厅几乎与佛罗伦萨旧宫的五百人大厅一样大，这里收藏了伊朗最知名画家们的作品。我想，这下应该会有人来把我带到王后那里去了吧。让我意想不到的是，索拉雅竟然独自走了进来。大门在她身后合上，伊朗的王后就这样突然来到我的面前。身着黑色丧服的索拉雅未施粉黛、脸色苍白，整个人显得娇小而脆弱，与照片上那个严肃、端庄的王后全然不同，我一时以为她只是在宫中活动的普通贵族妇女。“早上好，”我说，“很高兴认识你。”刚说完我就后悔不迭，我怎能如此随意地打招呼，她可是伊朗高高在上的王后啊。我正在考虑该如何措辞请求她的原谅，突然想起自己应该向王后深鞠躬表示敬意。索拉雅却与我握了握手，告诉我不必担心。“别紧张。”也许是错觉，但她似乎很喜欢我的“无礼”，“您请坐吧。”她指着一张沙发，等我坐下之后，她也坐到了对面的沙发上。

这位二十二岁的王后显然是世界上最遭人嫉妒的女子，但是她却像孩子一样腼腆，在我们开始谈话之前还微微红了脸。索拉雅问我住在哪个旅馆，乘坐意大利航空庆祝罗马—德黑兰航线开通的首次航班前来伊朗的旅程如何，在德黑兰参观了哪些地方。她还询问了我关于意大利的一些情况。“啊，意大利啊，意大利。”她声音不大，却有些尖细，“啊，罗马，多么令人怀念的地方！真羡慕您可以住在那里！”她说她十分愿意再次前往罗马，但她丈夫太忙了，无法陪伴她一同前去。提及礼萨·巴列维时，索拉雅说的是“我的丈夫”，而不是按礼节要求的那样，称呼其为“沙阿”。她说她也喜欢威尼斯和佛罗伦萨，结婚之前她就去过那两个城市。“结婚之前”，说这句话时，王后就像一位普普通通的妻子。后来我们还聊了服装、电影，以及认识的人（王宫总管请我不要向她提出有关政治的或不得体的问题）。这里是世界上最华丽的宫殿之一，可我们不像是坐在宫殿中，反倒像是坐在威尼托大街边的小桌旁。我不禁问自己，难道我经历了这么多曲折，想要接近的就是这位王后吗？“您喜欢法国的时尚吗？”“您喜欢 H 型的服装剪裁样式吗？”“您认识迪奥吗[①]？”“菲斯[②]呢？”“您还认识劳洛勃丽吉达[③]吗？”“还有曼加诺[④]，她是个什么样的人？”“您见过格利高里·派克[⑤]吗？”索拉雅不停地提问。明明我是

① 克里斯汀·迪奥（Christian Dior，1905—1957），法国著名设计师，时尚品牌迪奥的创始人。

② 杰奎斯·菲斯（Jacques Fath，1912—1954），法国高级定制时装设计大师。

③ 吉娜·劳洛勃丽吉达（Gina Lollobrigida，1927—），意大利著名女星，欧洲电影界最具代表性的人物之一，代表作品有《巴黎圣母院》。

④ 西尔瓦娜·曼加诺（Silvana Mangano，1930—1989），意大利战后女演员，代表作《粒粒皆辛苦》。

⑤ 格利高里·派克（Gregory Peck，1916—2003），美国演员，代表作品有《罗马假日》《杀死一只知更鸟》。

来采访她的，可现在被采访的人反而变成了我，这在我身上还从来没有发生过。“我想您应该能理解我的。”她突然说道，仿佛在请求我的原谅，“我一直待在这里面，见到的人实在太少了。”不过我也知道了王后不仅喜欢法国时尚，也喜欢意大利时尚；她讨厌 H 型的服装剪裁样式；她为菲斯的逝世感到万分悲痛；她在罗马见到过劳洛勃丽吉达，并且被这位女士漂亮的外表所折服，认为她是世界上最美丽的女子（关于这点我很吃惊，不知王后是否意识到她自己的美貌）；虽然还没有见过格利高里·派克，不过王后有在好莱坞结识这位先生的打算，因为几天之后，她就要出发前往美国。

“啊，纽约、第五大道、落基山！”索拉雅高兴得就像一个第一次乘坐火车出行的十二岁小女孩。我立刻意识到，这位拥有无限权力和巨大财富的王后虽然生活在黄金和象牙堆砌的高塔之中，但对于这样的生活，她已经厌倦透顶。索拉雅为即将前往美国而兴奋不已，这让我有好一会儿不敢问出这个问题：您去美国到底是为了游玩，还是像知情人所说的那样，为了拜访一位权威的医生。在结婚三年之后，索拉雅仍没有为沙阿诞下一儿半女，这一直是她心中巨大的痛楚。王后一直没有生育，这件事已经成了整个巴列维王朝的危机，时刻刺痛着伊朗人民的心。如果迟迟没有生下继承者，索拉雅就会像沙阿的首任妻子法斯雅那样被休弃。最后我终于下定决心：尊敬的王后，您前往美国是为了接受一些“医学治疗[①]”吗？索拉雅瞬间失去笑容，沉默下来。然后她抬起头——不再是之前那个害羞的女孩儿，而是一位被某个冒失的问题激怒的王后：“不，只是去游玩。”[②]“我很高兴认识您，”为了缓和刚才回答中生硬的语气，索拉雅紧接着说道，“我之前真的对您十分好奇。”而我则向她表示感谢，并为刚才所发生的一切而道歉。“没关系。”她站了起来，向我伸出手，表示我们之间的对话到此结束。“代我向意大利问好。”这是她在出门前说的最后一句话。很快，一位妇人走了进来，陪我向宫外走去。我再一次经过无数个装饰着美丽地毯的奢华大厅，走下正厅的台阶，穿过水池遍布、鲜花盛开的花园，回到了王宫的大门口。同事们都在此处耐心地等待着我。“怎么样？”乔伊拿着铅笔和笔记本。我有一瞬间的沉默，像索拉雅这样的女人是很难形容的。“她真的是一位王后啊。”为了摆脱眼下的窘境，我不得不回答。“好伟大的发现啊。”乔伊说。[3]

---

① 原文为英语。

② 为表现王后的冷淡态度，此句回答及下文的“没关系”原文保留了英语。

匈牙利，自由的死亡

我无法进入布达佩斯。我没有亲眼见到这座饱受摧残的城市，没有看到那些被绞死在共和国广场大树上的匈共领导人。我也没有看见，布达佩斯妇女站在被蜡烛围绕的尸体旁，为她们在战争中死去的孩子哭泣。但我曾在无人敢冒险前往的情况下，两度穿越匈牙利战争的前线，进入欧洲大陆上这个最多灾多难的国家。一九五六年十一月三日，星期六，我见到了比布达佩斯城里的可怕场景更悲惨、更令人绝望的事情。我第二次亲眼见证自由在这个城市中死去；亲眼看见铁幕落在这个英雄的民族身上；亲眼看见苏联人的坦克把炮筒指向了那些手无寸铁的平民。我看见我的记者同事们被苏联人逮捕，看见我的匈牙利朋友们走向彻底的失败。[4]

我遇见一位来自布达佩斯的革命者，他被匈牙利国家保安局割去了舌头。我看见难民们匍匐着、四处躲避身后苏联人的射击。我采访了这些难民，他们满身泥垢，倒在边境线旁。我看见孩子们破坏苏联人的坦克，此时的他们已不再是稚嫩的孩童，反倒像经历了长久的岁月，成熟得让人心生恐惧。我听过暴动民众的无线电广播，一名心绪不宁的翻译就坐在我身旁，为我逐句解释广播里的内容。后来我回到了海杰什丘，霍洛老师和女游击队员柳德米拉已经不在这里了，匈牙利士兵们重新把红星佩戴在他们的制服肩章和军帽上。我和同事们一时疏忽，不慎误入了捷克斯洛伐克的领土。当瞭望楼上的士兵用来复枪对准我们时，我迅速地逃跑了。在逃跑时，我仍不忘小心翼翼地沿着小道，绝不敢踏入野地半步，因为那里埋满了地雷。我意识到世界正处于危险之中，而我们称之为第二个“美好时代”的日子就要结束了。

也许我们所承受的恐惧阻碍了我们正确认知周围的事物，但我却坚持认为，作为一个有意识的人，此时关注的重点早就不该是那些明星的爱情、上流社会的丑闻，或是叼着卷烟、衣着华丽之人参加的电影首映式。[5]

讨厌的人

我讨厌与演员们共进晚餐，即使是一起喝下午茶、吃些点心也不行，我担心他们邀请我的目的只是希望我在文章中为他们美言几句，这对我来说不啻一种羞辱。[6]

所有人都在谈论他们，谈论他们的“丰功伟绩”，他们的爱情，他们的奋斗史，他们的音乐、野心、诗歌、聚会、电影、财富和不幸。他们声名远播，引起无数喧嚣，惹人恼怒。我们为此感到愤懑，感到烦恼，感到窒息。终于有一天，我们会忍不住大喊：“上帝啊，这帮讨厌的人！上帝啊，他们太烦人了！”我首先说这些话，并不是为了向某些有名望的人请求原谅，我不需要因为名望向任何人请求原谅。我说这些是为了向我的读者们澄清，向那些被人们认为十分讨厌，但实际上却非常友善的人澄清。我说这些，也是为了提前堵住某些人的嘴，因为我知道他们肯定热衷于一个问题：为什么你不认为自己也在这些讨厌的人之列。我和他们不一样，我并不出名，所以我还没有十分惹人讨厌。好吧，事实上我确实有些惹人讨厌，不过不是因为人们总在谈论我，谈论我的爱情，我的奋斗史，我的诗歌、野心、音乐、聚会、电影、财富和不幸。我之所以讨人厌，恰恰是因为我揭露了别人的讨厌之处，这在我的采访中就能很清楚地看出来。

如果说让一个名人开口说话是件伤脑筋的事，那么让他们在一部能够记录每一次停顿、每一次呼吸的机器前说话，就更是一件困难至极的事了。一开始，眼前的麦克风也会让我感到有些局促。它的存在会让人觉得自己很可笑，仿佛被人监视着、评论着。所以很多时候，被采访者看着它，会变得脸色苍白；有时候他们还会使用错误的句法或表达得磕磕巴巴，甚至说不出话来。有的人说出的内容十分混乱，完全不知所云。录音带还在无情地转动，我却开始为之后的事神伤。因为接下来才是最糟糕的：我必须重新听采访的录音，把对方大段的沉默或滔滔不绝的讲话变成纸面上正常、生动的对话。面对面听一个人说话和听这个人讲话的录音完全是两回事：有时候你在采访中面对一个人的脸，心中会产生一种厌恶；但这种感觉和你在听他的采访录音时所感受到的一定不会相同。闪烁的目光、舞动的双手有时能让一句前言不搭后语的话变得可以理解，可若是没有手和眼睛的帮助，那句话就会显得文不对题、愚蠢至极。相反，如果我们面对的是一个丑陋的鼻子、一种缺乏主见的态度，再充满智慧的话也会大打折扣。但若我们只是听录音，看不见那样的鼻子和态度，这句话就恢复了它丰富的内涵。我明白这一切的同时，也明白了另一件重要的事：经人转述的话绝不足以让我们评判说话人的任何一方面，不论是他的观点、样貌、穿着还是举止。[7]

* * *

我的朋友比尔认为好莱坞并不存在。“好莱坞，”他经常说，“是一个精神上、思想上的国度。人们看好莱坞时用的不是眼睛，而是他们的欲望、嫉妒和钦羡。”比尔是个有学问的人，更准确地说，是一个正直的知识分子。知识分子们常常会说一些自相矛盾的话，虽然包含着一部分真理，但要是真的全盘接受，那可就糟了。我直接引用比尔的话仅仅是出于职业的谨慎。其实这句话在美国境内随处都可以听见，许多美国人都为好莱坞感到羞愧，尽管它被称作“林肯当选总统以来，美国所创造的最能代表美国精神、美国特点的符号”。

但我个人认为这样的表述并不准确。不仅因为好莱坞这个地方被清楚地标注在地图上，就在加利福尼亚州某个确切的地方；也因为我在好莱坞日落大道的中心地带住了数周。我在好莱坞的餐馆吃饭，在好莱坞的泳池游泳，险些被好莱坞的汽车撞翻，呼吸着好莱坞充满辐射的空气（几乎每天军队的人都会在内华达州引爆一枚原子弹，那些尘埃也不知道怎么就会落到我们的头上），忍受好莱坞演员的殷勤和卑鄙，忍受寻梦者们的眼泪——他们来到好莱坞，期盼能在演艺界混出一些名堂。所以我可以向你们保证，好莱坞是真实存在的，眼睛看得见，手摸得到。[8]

从明面上是无法理解好莱坞的，想要真正了解它，就只能“从锁孔偷偷窥视”。方法之一，就是参加那些所谓上流人士的私人派对。在这类派对上人们往往胡作非为，这已经是公开的秘密。比如那些平日里作风正派的权威人士会喝得酩酊大醉，把身上的衣服扔进泳池。丈夫们会在派对上交换彼此的妻子，妻子们也会交换丈夫。无数的婚外情就此产生，夫妻们只能以闹到拉斯维加斯的法院收场。[9]

* * *

我早就明白，在写作里不存在他人的教导和建议，也忌讳对他人的模仿。我们只能孤军奋战，从自己的错误和写作中吸取教训与经验。写作，是这个世界上最孤独的职业。[10]

作家和记者的使命并非被众人喜爱、恭维或称赞，因为他们需要向世人描述的并不是什么天下太平、万事蒸蒸日上。他们该去揭露、谴责世风日下的现象，以及需要全社会共同努力去改善的缺陷，并且要不惜一切代价，包括被憎恨、被羞辱。但还有一件事情我不明白：如果我这么讨人厌，为什么还会有人坐下来如此认真地阅读我的作品呢？[11]

无用的性别

《无用的性别》并不是一部小说，它是我应《欧洲人》要求，在三十天内环游世界后写下的一部报告文学。[12]

它想要告诉公众，世界各地的女人都以一种无用的方式活着，换个说法就是，“错误”的方式。无论她们身在女人和一头骆驼差不多的伊斯兰国家，还是女人过于举足轻重的国家，比如歌颂女权的美国。在意大利，女人们的生活状态有点像骆驼，又有点像美国人。[13]

那是一个夏天，《欧洲人》的社长问我是否愿意做一次环球旅行，停留的重点将会是一些东方国家。“当然了，”他解释说，“我们需要等雨季过去，也就是说你得到冬天才能出发。”“雨季”的说法有种独特的效果，我不了解它，所以莫名多了一丝期待，就像说“诺福克的公爵和我讲过……”或者是“我不太清楚你是否知道列宁格勒契诃夫街上的那个小餐馆……”。即使是一名早已习惯于前往遥远国度的记者，对这些旅程的特殊性没有任何幻想，最终也会被目的地的某些事物深深震撼并吸引。“为什么不去呢？”我回答道，“我去那儿需要做些什么？”社长告诉我，我要做的是写一部关于女人的报告文学。突然间，“雨季”的说法失去了吸引力。

我总是在极力避免写女性或是和女性相关的话题。不知道为什么，这类话题会让我觉得很不舒服、很荒谬。女人并不是某种特殊的生物种群，所以我不明白为什么她们可以形成一个单独的话题。尤其是在报纸上，甚至还为她们开了一个专栏，就像体育、政治、气象预报等专栏一样。上帝创造了男人和女人，就是为了让他们结合在一起。尽管某些极端分子总在喋喋不休，但我认为，以一种完全不同的观点看待女人，仿佛她们是生活在另一个星球上的生物，能够在男人之外进行无性生殖，这样的行为是毫无意义的。能吸引男人的事情同样也会勾起女人的兴趣。我认识一些很平常的男人，他们会读《时尚芭莎》；我也认识一些很平常的女人，她们是《泰晤士报》证券版的忠实读者：但他们绝不该因此被视为愚蠢之人。所以当有人问我“你的文章是为女性发声吗？”或是“您写女性问题的文章吗？”，我就会感到非常生气。但这一次，因为“雨季”的吸引，我努力克制住了自己的愤怒。我回答社长说，我会好好考虑的。

经过认真的考虑，我觉得与其在自己都不相信这部报告文学的情况下启程，还不如停止对“雨季”的追逐。一连好几个月，我似乎已经完全放弃了这次旅程，结果发生了一件出人意料的事。一位与我相识已久的女性朋友邀请我共进晚餐，饭吃到一半，她猛地哭了起来，说自己真是太不幸福了。可她在大家眼里一直是个成功女性：独立、漂亮，有一套自己的房子，在那里她想干什么就可以干什么；还有一份工作，在那个领域里，她比许多男人做得还要出色。总之，人们会说这样的女人十分幸运，拥有一个女人所能拥有的一切。包括我在内的所有人从没想过她会感到不幸福。“你可真傻，”她一边抽噎一边擤着鼻子，“我就是因为现在所拥有的一切感到不幸福。当你想到男人能做的一切你都能做，甚至能成为意大利的总统，你会为此感到更幸福吗？天啊，如果我能出生在一个女人不那么重要的国家该多好啊。反正我们的性别毫无用处。”

这次谈话给我带来了一些困扰。我突然明白，就像人们从来都不会想起自己是有耳朵的，因为每天早晨醒来，耳朵就在它们原来的位置上。只有当人们患上中耳炎时，才会突然意识到它们的存在。男人的基本问题源于经济、种族和社会，但女人的基本问题、甚至可以说最重要的问题源于她们的性别：女人。我指的不只是女性在解剖学上和男性的区别，还包括伴随这种区别而来的种种禁忌。这些禁忌决定了世界上所有女人的一生。比如在伊斯兰国家，没有男人为了上街而把自己的脸藏在一块布的下面；在中国，没有男人需要层层包裹自己的脚，让它们骨头碎裂、肌肉萎缩至七厘米大小；在日本，没有男人会因为自己的妻子发现他不是“处男”而被石头活活砸死。（可以这样说吗？你们看，甚至根本不存在专门的词汇用来描述同等状况的男性。[①]）可这样的事情偏偏过去发生、现在也仍然发生在女性身上。于是，我发现社长的想法并不是毫无意义的。走近别国的女性，看看她们比我那位绝望地擤着鼻子的朋友更加幸福还是不幸，应该会是一件有意思的事。所以当冬天来临、雨季结束的时候，我告诉社长自己已经准备好启程了。

接着我们开始研究路线。因为我们要弄明白，到底什么

① 意大利语 vergine 仅指处女，没有专门的词汇来描述没有性经验的男性，故有此一说。

是环球旅行。如果仅从字面意思上理解，环球旅行意味着前往世界各个角落，从拉普兰到南非，从新喀里多尼亚到拉斯维加斯：说实话，这样的旅行实在过于漫长。在我们完成这样的旅程之前，苏联的航天员们应该早就到了金星，发现了金星人的存在；而地球上人们早就不关注女性问题了。此外，我并不希望自己为这次旅行写的报告文学变成一部人类学书籍，描述一些类似于爱斯基摩女人怎样烹饪海豹肉；或者那些一心想要砍下仇人脑袋的野蛮部落里，女人如何把一个冒失探险家的头敲成鸡蛋大小的碎片。我只希望能够在世界上留下一条足够长的轨迹，可以尽可能多地去研究女性的各类状况。产生这些状况的原因，可能是她们犯下的错误，也可能是身为女性不得不遵守的某些禁忌。出于这些考虑，我们认为最好的方式就是大致追随斐利亚·福克[①]的脚步。从意大利出发，我们将前往巴基斯坦、印度、印度尼西亚。如果能获得签证的话，我还将在中国大陆做短暂的停留（很遗憾我最终没有获得签证，所以只能前往香港）。然后是日本、夏威夷和美国本土。最后，从美国本土返回意大利。和斐利亚·福克一样，这次旅程我也会拥有一名同伴：摄影

① 法国作家儒勒·凡尔纳小说《八十天环游地球》中的主人公。

师杜伊里奥·帕罗特利。是的，我更愿意称他为同伴，而不是另一个“路路通”[①]，况且根据所谓男女平等的原则，他也不会像路路通那样为我拿行李。我和杜伊里奥一同来到公共卫生局，在这里我们俩人被扎成了筛子，为的是不会在旅途中得伤寒、黄热、天花和霍乱。然后我们要来了那些被称为签证的愚蠢印戳，因为那些公文纸的忠实捍卫者们认为，我们要越过边境，这些印戳是必不可少的。最后，社长把我们招到跟前，再三嘱咐我们一定要关注当地的民俗传统，以免写出枯燥无味的报道。我和杜伊里奥假装一副痛心疾首的样子，听完社长的训导后，终于踏上了旅途。

我们的随身物品包括十台照相机、一台打字机、厚厚一沓展开后像手风琴一样的机票以及无尽的好奇心。我知道，如今文艺复兴百货[②]的职员们去孟买，就和我们的祖父母去维也纳与巴黎一样，十分便捷；我本人也会在一周之内往返德黑兰或纽约，仅仅为了写出一篇第二天就会成为过去式的新闻报道。但只要是旅行，我们就不免收到来自他人的建议和提醒。就算是那些对外界毫不关心的人也会用略带嫉妒的眼光看着我，对我说：“小心一点，尽量别去那些不该去的

①《八十天环游地球》中的人物，主人公斐利亚·福克的仆人。

② Rinascente，意大利最大的连锁百货商场。

地方”“一定要当心啊，赤道那边可是有蛇的”“真羡慕你啊，可以到暖和一点的地方去”。作为一个土生土长的罗马人，杜伊里奥从不会为任何事情惊慌失措。就算是遇上一个火星人，估计他最多也是打着哈欠看它一眼而已。但是现在，杜伊里奥也变得激动不已：他不停地问我关于保温包的问题，因为那是他保证相机胶片不因外界高温而损坏的必需物品；问我包里的毛衣应该换成几件亚麻外套。他甚至还问：“跟我说说，日本女人真的会裸着进浴池帮我们洗澡吗？香港女人真的很容易就会跟人上床吗？印度女人真的知道一百四十六种做爱的方法吗？”好吧，我们必须承认这家伙的关注点并不是严格意义上的新闻。离开洽米皮诺机场的那一刻起，杜伊里奥就开始幻想，回来时该怎样向朋友们描述自己与某个中国女人、日本女人或是印度女人的风流韵事。他年轻的脸上充满了对未来无限期待的笑容。杜伊里奥一时忘记了作为记者的职责，而我也和他一样犯下了常见的错误（这个错误和某个中国、印度、日本男人没有任何关系，对于这样的风流韵事我唯恐避之不及）。我沉浸在对雨季、佛像、湿婆庙和波利尼西亚独木舟的想象中，直到飞机起飞，我满怀感激地想起那位在我面前坦述不幸、放声大哭的朋友时，才意识到自己并不是那个为了赌约环游世界的斐利亚·福克。我只是一个女人，一个从事着艰苦工作的女人。[14]

当一个西方女性来到充满严格宗教氛围的伊斯兰国家，比如巴基斯坦时，她的第一印象是：在一场席卷全世界的大洪水中，自己是唯一幸存下来的女人。

这片土地上没有大龄的未婚女子，也不存在因爱而生的婚姻。在这里，我们思维当中理所当然的事被颠覆；在这里，将近六亿人口中的一半是女性。据我所知，她们常年生活在罩袍之下，不，那不是罩袍，它更像一张床单，像一块裹尸布，把女人们从头到脚厚厚地包裹起来。除了这名女子的丈夫、孩子以及和她一样死气沉沉的女人，所有人的目光都被隔绝在这块布之外。这块布的名字有很多：purdah，burkan，pushi，kulle 或者 djelabah，但毫无例外都是在眼睛的位置有两个小孔，或一块高两厘米、宽六厘米的细密网纱。透过两个小孔或网纱，穆斯林女人就像是透过监狱的栏杆一般望向天空和来来往往的人群。这座巨大的监狱从大西洋一直延伸到印度洋，摩洛哥、阿尔及利亚、尼日利亚、利比亚、埃及、叙利亚、黎巴嫩、伊拉克、伊朗、约旦、沙特阿拉伯、阿富汗、巴基斯坦和印度尼西亚构成了这个广阔无边的伊斯兰王国。[15]

从地球的这端到那端，女人和男人一样，以一种错误的方式生活着，找不到公正和常识之间的平衡。她们有的像动物园里的动物，被隔绝在现实世界之外，透过囚笼般的罩袍打量着天空和人群。这些罩袍禁锢着她们，就像裹尸布包裹着尸体。而另一些女人则活得像驯兽师，穿着红色外套，佩戴西式盘扣，手里握着啪啪作响的马鞭。我见过祈求进入收容所的穆斯林妇女，也见过在射击比赛中与男性同场竞技并获得奖牌的安卡拉女兵，可我不知道她们当中谁更让我感到怜悯。我还见过帮助自己国家降低新生儿出生率的印度女医生，也见过那些如同被大头针钉在墙上的蝴蝶般一动不动的东京艺妓，可我依然不知道她们当中谁更让我感到恐惧。束缚固然可怕无情，但以错误的方式诠释自由亦是如此。在这次旅行中，我不止一次地感到茫然无措，因为我不确定两者中的哪个更糟糕。[16]

珀涅罗珀[①]与美国

唯一让我真正感兴趣的事就是写书。现在，我想写一本书；关于这本书，我已经有了很好的想法。是的，我要写一本书，一本内容丰富、内涵深厚的书。对此我心怀敬意也略感恐惧：我能做到吗？[17]

《战争中的珀涅罗珀》（*Penelope alla guerra*，1962）一书源于我的一段经历。这段经历与书中描述的内容相似却并不相同。当然，重塑现实是作家的权利与义务。书中的主人公乔正是那个时期的我。有一段内容也反映了我当时的真实经历：在那个故事中，乔舍弃了自己的处女之身。这件事以

① 荷马史诗《奥德赛》中奥德修斯的妻子，在丈夫远征特洛伊后拒绝了所有求婚者，常以忠贞不渝的典范形象出现。

同样的方式，发生在了同样年龄的我身上。发现我还未经人事的时候，他忍不住哭了起来。我只能安慰他，对他说：“没事的，这不要紧，别哭了！”

时至今日，这部小说读起来依然有趣。今天的我显然已经不会再去写那样的故事，因为它是我写作小说的试验之作，也可以说是我当时的一种“消遣”。虽然我花在这部作品上的时间非常少，写作时也毫无经验可言，但这本书的主题非常深远，因为它涉及了女权主义的思想。那个年代还没有任何人谈论女性问题，而我居然在随意尝试中写出了那样的故事，这可真是一件神奇的事。

故事的结尾，乔走出了家门。早晨的天气清冷，一张被丢弃的报纸被寒风裹挟着在人行道上翻滚。这样的场景也真实发生在我的身上。我现在似乎还能感受到那天的寒冷，还能看见那张寒风中的报纸。是的，在纽约。那样的场景就发生在纽约，发生在我二十六岁的时候。[18]

纽约是一个奇迹，每一天都让我倍感惊讶。这座岛屿被切分成一个个大小相同的方形街区，雕像、穹顶或是花园无处可寻。暗沉沉的灰色水泥森林拔地而起，没有一点弧度或奇异的涡形装饰，也看不见一丝丝的绿色。目之所及，到处都是尖锐的棱角、一成不变的铁质楼梯和切割得规规矩矩的石料。尽管如此，这座缺乏雅致的城市依然拥有非凡的魔力：高耸入云的摩天大楼如同变成石头的泰坦巨人；当你徘徊在那些仿佛永无尽头的街道，内心升起的恐惧会让你难以呼吸，然而每一条街道的尽头，突如其来的蔚蓝色又能让你从恐惧中解脱出来。那一块块玻璃，在阳光下比钻石更耀眼，在黑夜中比群星更闪亮。[19]

尽管美国人轰炸了佛罗伦萨，我班上一名坐在我附近的十三岁男孩还因此丧生，但我从小受到的教育仍是要热爱美国。八月十一日，美国人终于开进了佛罗伦萨。在我童年的幻想中，他们是一群穿着卡其色制服的天使，非常不可思议，我开始幻想有一天能去美国。很多年之后，我终于来到这里，也彻底爱上了这个梦想中的国度。[20]

我选择在纽约生活，因为这是一个国际化的都市，它的地位就如同我们祖父辈心目中的巴黎。不同的民族和文化在这里交汇，无数的智慧与理念在这里碰撞，人们也在这里追寻利益与机遇。时至今日，无论我们喜欢与否，英语都占据了绝对的统治地位。它已经成了科学与现代文化的语言：如果一位作家想让大家阅读自己的作品，那么他只有两个选择，用英语写作或让自己的作品被翻译成英语。在罗马帝国时代，统治整个西方世界的语言是拉丁语，在此之前是希腊语。如果我出生在迦太基，我想我迟早会选择前往罗马。[21]

等待我们探索的宇宙

我是一个感性的人，也很健谈，周遭的一切很容易就能打动我，我也十分愿意去谈论它们。感动的原因各不相同，谈论的方式也多种多样，但只有一件事最能打动我，我也最乐意谈论：那就是我们人类现在所处的伟大探索时代。除非眼瞎耳聋、头脑不清、麻木不仁，否则没有人能忽视我们周围正在发生的一切。在人类第一颗人造卫星伴侣号飞入太空的那一天，我就察觉了这个时代的来临。自此我的内心一刻不得安宁，直到报社派我去采访那些决定我们未来的人。美国或苏联都行，这不重要，我只是想去那里写一篇报道。我的主编一开始否决了我的想法。不，这个话题太小众了。月亮、火星，有谁会关心它们呢。这样的情况持续了好几年。一年、两年、三年，主编每次都给我这样的答复。终于有一天，他不再这么回答我，而是把我派了出去。虽说巨大的好奇心往往会以巨大的失望结束，但这种失望始终没有降临。在那之后，我又以各种借口三次前往美国。我自己担负机票、食宿和其他费用，在这个新鲜的、令人兴奋却也使人害怕的世界里越走越远。[22]

我在美国遇见了很多人，我发现宇航员是其中最为出色的一群人。我怀揣着对勇气、牺牲和纪律的尊重与崇敬在意大利成长起来。当战争结束，我环顾四周，期待能在人群中找到这样美好的品德。我有一套评价他人的准则，看见一个人时，我会问自己：如果被纳粹逮捕并受刑，这个人能保持沉默吗？然而，我得出的结论往往是否定的。我喜欢这群年轻的宇航员，恰恰是因为我在他们身上得到了肯定的答案。[23]

登月征程始于我们地球上这个叫作肯尼迪角的地方。它曾被称为卡纳维拉尔角，现在则以总统肯尼迪的名字命名，因为他为人类在宇宙航行的梦想付出了生命的代价。[24]

登月火箭的建造则在阿拉巴马州北部的亨茨维尔，这里曾经遍布棉花田，黑人奴隶们悲伤地吟唱着灵歌。登月火箭被命名为土星号，高110米，是自由女神像的1.5倍。火箭的重量达到了110吨，是把约翰·格伦送入太空的宇宙密封舱的80倍。火箭发出震耳欲聋的响声，山川和深谷也为之颤抖，墙壁左右摇摆，玻璃碎裂，恍若末日降临。亨茨维尔的听障人数比世界上任何一个地方都要多，许多永久失聪的人在得到国家补偿后迁往外地，而那些留下的人则恨透了月亮。他们从不主动抬头看天空中的那颗卫星，就算偶然瞥见一眼，也不忘朝它唾上一口，以示厌恶。[25]

我打开拉链，穿上宇航服。科研人员解释说："实验证明拉链是不能应用在航天服上的。为了能让安全系数达到99.99%，我们最后会去掉它，把航天服做成潜水服那样，除了脖子的位置再没有任何开口。而脖子的开口也会和有机玻璃做成的头盔相连，形成一个完全密封的结构。你能明白吗？"明白得不得了，博士。"总之，将来你会发现，航天服上不会留有任何缝隙。航天服将会是宇航员进入太空后唯一一件随身携带的地球物品，也是他们生命安全的唯一保证，任何一条甚至是肉眼不可见的缝隙都足以让他们陷入气压过低的危险。在那种情况下，宇航员的身体会在几分钟之内膨胀并爆炸。好了，现在请您戴上头盔。"我戴上头盔，随即觉得自己陷入一种彻底的折磨当中。作为一名宇航员，你擦不着流到眼睛里的汗水，也挠不着发痒的鼻子。忍住不挠发痒的鼻子可真是需要钢铁般的意志。此后我找到莫里斯博士，告诉他鼻子发痒的事。莫里斯显得很担心："潜水员也会遇到这样的情况，"他说，"但最要命的可能是航天服里的噪音。给氧、增压、空调和干燥装置都会产生这种噪音，导致宇航员完全听不见外界的任何声音。但如果这种噪音没有了，那我们的麻烦就大了。这时航天服里剩余的氧气仅能维持五分钟。此外航天服还必须轻便，因为过于沉重会使宇航员的行动不顺畅。可是轻便又会导致航天服不够结实，与岩石的轻微碰撞都有可能让它破裂。唯一能保证宇航员生命安全的物品却也足以置他们于死地，这可真是荒谬。"是挺荒谬的，我想，唯一能保证他们生命安全的物品让他们只能透过一个玻璃屏障观察外面的世界，却闻不着也摸不到。[26]

我一共采访了二十八名美国宇航员，但我相信我没有机会接触的航天人还有许多。所以《假如太阳陨落》（*Se il Sole muore*，1965）这本书不仅仅献给我父亲，也同样献予他们。我的父亲不想去月球，而我的宇航员朋友们却渴望登上月球，因为太阳有可能陨落。我对双子座计划里的宇航员尤其熟悉，他们将在今年执行计划的各项任务。

这是一群每时每刻都在学习的人，不论白天、晚上，不论在家还是在训练中。他们都是毕业于航天工程学专业的工程师，现在却还要学习地质学、数学、物理、生物。不仅仅是学习，他们还要在沙漠、丛林参加近乎严苛的训练。这些宇航员的时间被安排得满满当当，就像一群强制劳动的苦役犯。

尤其值得一提的是爱德华·怀特[①]。怀特。天使。在我的书里，我叫他天使。他的外形也像一个天使，瘦长、苍白的脸带着一丝贵族气，还有些许忧郁。湛蓝的眼睛，金色的睫毛，以及唇边永远挂着的一抹微笑，怀特总是显得那么温和、那么羞涩。很难想象这样一个人居然毕业于西点军校，拥有空军中校头衔，也很难想象他的工作居然如此不易。

更让我震惊的是，我认识他们时，这群年龄在二十九到三十九岁之间的人已经从灵魂中透出一种沧桑感。他们都是一头灰发，已经谢顶或是半谢顶，皱纹、担忧、焦虑、沉重的责任和艰苦的工作在他们脸上留下了深深的烙印。

---

① 爱德华·怀特（Edward White，1930—1967），美国宇航员，执行双子座 4 号任务时第一个进行太空行走的美国人。

我相信公众一定还没意识到他们的工作是多么繁重与艰难。

我问了所有人同一个问题：您害怕吗？除了谢泼德[①]和另一个人，所有人都回答了“是的”，这也是我尊重他们、喜爱他们的原因之一。我可以告诉你们怀特的回答。让我翻翻采访记录本。在这儿。“您第一次飞上太空的时候会害怕吗？”“如果有人告诉你不害怕，那他一定在撒谎。”[27]

弗兰克·博尔曼[②]是聪明人里比较罕见的那一类。宇宙中怎么会存在这类人，这可真是一件神奇的事。两年前，我在肯尼迪角认识了弗兰克。我第一次遇见他是在游泳池边，就在基地附近一家叫作“假日酒店”的汽车旅馆。他给我的第一印象嘛……第一印象往往是很准确的。当时一共有七八个宇航员，土星号的发射被推迟了，他们一起聊着天，相互开着玩笑。而他却站在一边，独自陷入沉思。有两件事让我印象深刻：首先是他格外严肃的表情，其次是他胸口上的一块奇怪疤痕——这点我在《假如太阳陨落》中有专门的描述。当时我们都穿着泳衣，那条长方形的疤痕也就暴露无

① 艾伦·谢泼德（Alan Shepard, 1923—1998），美国第一位进入太空的宇航员。

② 弗兰克·博尔曼（Frank Borman，1928—），美国宇航员，曾执行首次环绕月球的阿波罗 8 号任务。

遗，就像是在这个位置重新补了一块肉。我看着这块伤疤，既惊恐又好奇。我确定他没注意到我在观察他，可他忽然抬起头，对我说道："这块疤是在朝鲜时弄的。背包太沉了，背带一直磨着这块地方，所以就没有好过。很丑吧？你好，我是弗兰克·博尔曼。"于是我们成了朋友。那天皮特·康拉德[①]也在其中，他与戈尔登·库勃一同执行了最近一次飞行任务。皮特这人很有意思，还有点孩子气。他要在费城做一场报告会，所以他到处嚷嚷："到时候谁来告诉我演讲什么时候开始啊？谁来帮帮我啊？"我们都笑话他。

弗兰克·博尔曼站起身，开始朗诵莎士比亚戏剧《裘力斯·凯撒》中马克·安东尼的演说片段。此时的他仿佛身披古罗马人的贯身长袍，长袍遮住了他那裸露的上半身和长方形的红色伤疤。我十分震惊，没想到这位专业技术人员、勇士、宇航员居然如此熟悉莎士比亚。后来我就不再惊讶了，因为我有机会更深入地了解他。毫不夸张地说，弗兰克家里到处都是书。平时他从不出门，只是待在家里读书。美国人经常会闲聊几句，他们管这个叫作 small talk，但是与弗兰克在一起，这就是完全不可能的事。换句话说，如果你和他聊

① 皮特·康拉德（Pete Conrad，1930—1999），美国宇航员，执行阿波罗 12 号任务时成为第三个登上月球的人。

起天气，最后他会和你说到信仰问题。

吉姆·洛威尔[①]完全不同。我很好奇，为什么美国航空航天局在挑选每次飞行任务的宇航员时，总会让两个性格截然相反的人做搭档。吉姆单纯直率，从某种意义上来说也更开朗。虽然弗兰克比他聪明得多，但吉姆爱开玩笑，更加擅于交际。我同样也是在两年前认识了他。当时我正在新墨西哥州的拉斯克鲁塞斯为《假如太阳陨落》这本书搜集素材，吉姆则在那儿执行发射任务。除去几天前，我最近一次碰到他，能与他好好聊上几句是今年夏天在休斯敦。是七月还是八月我就记不清了。吉姆邀请我去他家吃晚餐，同时被邀请的还有他的一些宇航员朋友。当时他的妻子玛丽莲已经怀孕——现在她又怀孕了，是第四个孩子，预产期正好是吉姆执行完飞行任务、返回地球的那天。那天玛丽莲不太舒服，我们到的时候她正躺在沙发上。我记得当时我们都饿坏了，有些担心地问她谁来给我们准备晚餐。玛丽莲说："厨师在那儿呢。"我们朝她说的方向转过头，发现吉姆正在灶台边处理两只鸡、一些豌豆和蔬菜。他穿着一个大围裙，上面还印着小鹅和小花的图案。做好晚饭，吉姆又把菜给我们一一

① 吉姆·洛威尔（Jim Lovell，1928—），美国宇航员，曾执行首次环绕月球的阿波罗 8 号任务。

端了出来，与一个能干、听话的美国丈夫没有什么两样。[28]

＊＊＊

我曾前往得克萨斯州的圣安东尼奥医学院为我的书《假如太阳陨落》搜集写作素材。在那里，我要求参加宇航员们必须通过的智力测试。这不是一场考验科学技术知识的测试，它考察的是我们的认知能力和基本推理能力。你们想知道结果如何吗？根据测验，我的智力和一只刚出生的猴子差不多……我还记得测试分数从 0 分到 250 分不等，最普通的宇航员能拿到 150 分、180 分或者 200 分，而我却只得了可怜的 35 分。你们想知道这是为什么吗？当时他们拿出一张白纸，然后问我："这是什么？"

我告诉他们这是一片被白雪覆盖的田野，也许就是一片位于俄亥俄州、伦巴底大区或是乌克兰的麦田。然后我开始兴致勃勃地描述：在农民焦急的等待中，麦种的根须是如何挣扎着使嫩芽突破厚重的雪层；农民又是如何诅咒这糟糕的冬天，因为它有可能毁掉来年的收成，等等。当我说到农民对冬天的诅咒时，考官惊恐地打断了我："你到底在说些什么？这就是一张纸！"

我知道这是一张纸，我又不是瞎子。但我的理解能力使我不只看见了一张简单的纸，也看见了一片被茫茫白雪覆盖的田野。在那里，麦种的根须挣扎着把嫩芽推出厚重的雪层……我不是宇航员，而是一名作家。当作家在冬天凝视一棵没有叶子的树时，他看见的不只是光秃秃的树干和枝桠，还有春天满树的绿叶和叶间盛开的繁花。运气好的话，他也许还能看见土壤中盘错的根节。[29]

重返纽约

我回到纽约，然后搬了家。我仍住在原来那个街区，只不过搬到了一座摩天大楼的二十二层。我不会说出具体的地址，否则杰克·杰克逊就会找到我。你们应该还记得杰克·杰克逊，就是那个曾扬言要杀了我的家伙，为此我还买了一把0.38口径的史密斯－威森手枪。我也不会说这个新家花了我多少钱，因为每次说起这件事，我都会难受得请医生。但首先我得在很久之前就已经与医生有预约。我的意思是，医生不是说来就能来的。你刚感觉有点不对劲的时候就得猜到自己到底会在哪天感到身体不适，然后预约医生在那天上门。一旦你通过医生的秘书预约成功，医生本人就会给你打电话，问你哪儿不舒服。不管你对他说什么，他都会让你吃一片阿司匹林。这通电话会花掉你整整十美元。吃了阿司匹林后，也许你会死掉，但也有可能痊愈。之后你就开始等待医生在约定好的那天带着一副“我可帮了你大忙”的表情上门。他根本不会告诉你身体到底出了什么问题，只是留给你一张处方，又要支付整整三十美元。你带着处方去了药店，发现那儿根本就是一家杂货铺：你能买到尼龙袜、明信片、玩具、法国香水、报纸、牛奶和冰激凌。除了杂货铺，还是一家小吃店，因为里面有人吃吃喝喝。几个小时之后，你终于拿到一个小瓶子，上面只有一个“给”字和你的姓名。比如说“给奥莉娅娜 · 法拉奇”。瓶子里面有许多你不知道是什么的花花绿绿的小药丸，你现在不知道，将来也不会知道：医生和药房的人都不认为你有知晓的权利。这就是我为什么不愿意请医生，也不愿意告诉你们房子的花费。我只能告诉你们，这个房子对于孤身一人居住在纽约的我来说很大：除了厨卫之外还有两个房间。一位来自波士顿的单身母亲把这所房子转租给了我，她一头金发，和她的女儿住在这里。她们离开的时候，把家具都留给了我：三盏印度风格的灯、两个柳条编制的卵形单人沙发、一个中式屉柜、一张床、一张长沙发、一个圆形的铁质茶几和三张美国殖民时期风格的蓝色椅子。据说这是一个纽约普通家庭里的普通摆设。波士顿单亲母亲还给我留下了两个大箱子，三十七件外衣，一大堆鞋子、胸罩和帽子。所有东西都堆在客厅，边上还有一张纸条："烦请您转交大楼管理员。"我给管理员打了电话，很快就有人打开屋门，在没有我许可的情况下就走了进来：管理员拥有每一户人家的钥匙，不管白天晚上，只要他愿意就可以进来。我当时冲他大喊，质问他凭什么有我家的钥匙，凭什么这么大摇大摆地进来。管理员气哼哼地说这是规矩，在纽约，不管到哪儿都是这样的规矩：这些钥匙我得留着，万一你生病了，我能进来救你的命；如果你死在家里了，没人知道，我能给你收尸；如果每个月一号之前你不提前把当月的房租交了，我也可以进来把你的东西都烧掉。说完，他看了一眼波士顿单亲母亲留下的东西，说："我可什么都烧。"

我突然明白了，这也是规矩，除非你给管理员奉上二十美元的小费。我终于知道为什么纽约有这么多火灾，为什么救火车呼啸而过的声音不断地摧残着你的耳朵，为什么穿着制服的消防员总是摆出一副臭架子，为什么他们可以肆无忌惮地闯红灯：因为他们要去为那些焚烧一切的管理员收拾烂摊子。这就是规矩。[30]

* * *

我不会痴迷于某个电视节目，更不会痴迷于出现在电视节目之中。一想到人们会在电视屏幕上看见我，我就很紧张，我还觉得这是一件很不体面的事。只有一种方法能让我克服这个心理障碍：付钱给我。美国电视节目的报酬都非常高，《今夜秀》[1] 给出的报酬也相当不错。《今夜秀》是美国最家喻户晓的电视节目，每天晚上会在各个州播出。主持人约翰尼·卡森会在节目中采访最可笑的人：演员、歌手、魔术师、作家、体育明星、著名的寡妇、臭名昭著的杀人犯，每人都可以拿到至少三百二十美元。那可是二十多万里拉。这笔钱说服了我：如果只是在台上坐十二分钟，谈谈我刚出版的新书《假如太阳陨落》，这个报酬还是相当优渥的。于是我应约前往，为了每分钟一万七千里拉的报酬在台上侃侃而谈，向美国人民解释假如太阳陨落，寻找一个新“太阳”就尤为必要。回家的时候我很清楚虽然我没有说服这些观众，但好歹把三百二十美元揣进了自己的口袋，这相当于我在曼哈顿租一个迷你公寓的月租了。我心中倍感轻松，仿佛得到

① NBC（美国全国广播公司）于 1954 年创办的一台晚间谈话类和综艺类节目，2014 年主持人改为吉米·法伦，并更名为《吉米今夜秀》。

了救赎，直至我收到一张支票。一张面额二十美元的支票。

我很自然地觉得一定是对方弄错了，于是我打电话给《今夜秀》，告诉他们我收到了支票，但他们可能弄错了面额。他们的回答是：没有弄错，这当中扣掉了九十美元的税钱。“九十美元？”“嗯，是的。”“好吧，我知道了。那剩下的钱呢？三百二十美元扣掉九十美元应该还有二百三十美元，二百三十减二十等于二百一十，谁拿走了那二百一十美元？”“呃……是工会。”“工会？什么工会?！”“演员工会。确切说是美国电视和广播艺术家联合会，也就是我们所说的AFTRA①。”“我又不是演员，我怎么会属于AFTRA。”“不，你是AFTRA的会员。”“不可能，一定弄错了。”“没有弄错，你都在入会申请书上签字了。”“我签字了?！什么时候的事？”“上台之前。”我的记忆有些模糊，但上台前几分钟确实有人递给我几张纸，告诉我：“在这儿签个字，快。只是走个形式而已，不用在意。”我当时惊慌失措，由于为了钱上电视而倍感羞愧。我以为那只是走走过场，几乎闭着眼签了名。“二百一十美元！都超过我报酬的三分之二了！这太过分了！”“哈！亲爱的，您已经够幸运了。之前有一

① 全称是 American Federation of Television and Radio Art。

位英国女士，她最后只拿到六美分。你去问 AFTRA 要这笔钱吧！”

AFTRA 的负责人迈克尔·塞奇非常亲切。他热心地向我解释，任何想出现在电视节目中的人，不论节目性质如何，都必须加入某个演员工会。在美国，人们期望中最好的演员工会就是 AFTRA，此工会的注册费恰好是二百一十美元。“可我不是演员啊，迈克尔·塞奇先生，我是一名记者，一名作家。”迈克尔·塞奇又开始耐心地向我说明，其实很多记者、作家也是演员，毕竟这两种工作并不互相排斥：比如彼得·乌斯蒂诺夫[①]、克莱尔·布思·卢斯[②]。“好吧，我不想成为彼得·乌斯蒂诺夫，也不想成为克莱尔·布思·卢斯。我只想要回我的二百一十美元。”迈克尔·塞奇叹了口气，听上去比之前更耐心：他说我不会成为彼得·乌斯蒂诺夫，也不会成为克莱尔·布思·卢斯，我只是我自己。当然，发现真正的自我、隐藏的天赋和作为一名表演者的能力一定令我兴奋异常，阻碍了我充分估计加入 AFTRA 能够带来的好处。这场对话看来是没办法进行下去了。他说会给我写一封

① 彼得·乌斯蒂诺夫（Peter Ustinov，1921—2004），英国演员、导演、编剧，曾六次出演侦探波洛系列电影，包括《尼罗河上的惨案》《阳光下的罪恶》等。

② 克莱尔·布思·卢斯（Clare Boothe Luce，1903—1987），美国剧作家、新闻事业家、外交家，代表作有讽刺剧《淑女争宠记》和喜剧《与孩子们吻别》。

信，第二天这封信就送到了我的手上。满满两页纸的内容亲切友好。在信的开头，迈克尔·塞奇关切地询问了我的健康状况，然后他告知我 AFTRA 于全国范围内正在进行的磋商谈判，在华盛顿、芝加哥、洛杉矶的分会。最后，他希望我再交二十美元。因为二百一十美元只是入会的注册费用，如果不上缴每个月的会费，我就会失去会员资格。所以迈克尔·塞奇希望我把剩下的二十美元也汇给他，同时附上我的真名、艺名、出生日期、丈夫或妻子的姓名、孩子的姓名、人寿保险的保单号和结婚日期，我猜测结婚日期是为了确认孩子是否为婚生子女。

我承认，我的回答很粗暴。

我告诉迈克尔·塞奇，我没有人寿保险的保单号，也没有妻子、丈夫、孩子或艺名。我只有一个问题需要他回答：有人告诉我，工会的作用是保护劳动者免受资本家的压迫，比如帮助劳动者获得更多的报酬。姑且让我们假设我是一名演员，那么演员工会是怎么保护我免受资本家压迫的，把资本家给我的钱骗走？那谁来保护我免受你们这类人的压迫？是否有一个工会，我可以向他们检举揭发你们的无赖行径？“迈克尔·塞奇先生，我是不会把剩下的二十美元汇给你的。如果我真的属于 AFTRA，那么我现在就要退出。既然要退出 AFTRA，那我想拿回我从来都没有同意缴纳的二百一十美元。”对方的回答更加粗暴：“如果不上缴二十美元，就意味着您违背了您签署的协议内容。那我们在没收您上缴的二百一十美元注册费的同时，将不得不对您采取法律手段。”于是我把二十美元交了。

我用的是之前那张被我认为弄错数额的支票。第二个月我将用现金。我现在是 AFTRA 的会员，每天我都能收到他们发来的小册子、信件以及各类指示、规定。所有的内容都印在宣纸上。纸上还印着联合会的徽章：一个话筒、一根电视接收天线和一把小提琴。所有信件的开头都是这样的：“亲爱的 AFTRA 会员……”今天早上，我收到一封来自联合会会长梅尔·布兰特的信，并从中得知我们马上要进行一场罢工：“如果资本家们不立即停止他们剥削演员的行为，我们就会罢工。罢工委员会正在热情高涨地组织此次罢工活动，亲爱的会员，你要做出自己的贡献。”我问联合会，我能做什么贡献？现在我没有工作，《今夜秀》之后，我再也没接到过电话，甚至连乡村小剧院里跑龙套的角色也不找我。他们的回答是：这样更好，你就有时间为 AFTRA 做事了。[31]

* * *

我从来不知道自己会何时从某地离开，又将何时抵达某地。比如我正在圣路易斯，突然想去墨西哥城买一顶当地特色的宽边帽。于是我前往机场，花五个小时飞到墨西哥城。也许你会觉得这很荒唐，用我父亲的话说，这叫精神错乱。但写作之人多少都有点古怪。[32]

* * *

我不否认我真正能写的人只有自己。这或许是一个巨大的局限，但事实如此。在采访中，我确实是起决定作用的那个人：但对于我来说，这是诚实的表现，因为我能让对方知道那就是我的观点。我并不相信所谓客观性的存在。

我是一个有无数恶习的女人，将来注定要下地狱。我不停地写作、旅行、打包或拆开行李，我酿基安蒂红酒、蜂蜜，还养了些鹌鹑。我还从没有去过我真正的家：那是我在乡下买的一套房子，地窖里装满了上好的葡萄酒，周围环绕着树林和葡萄园。我最大的愿望，就是在护照的“职业”一栏里写上“葡萄酒生产商”。

几天前我在马德里。在一场斗牛表演中，斗牛士宾维尼达需要独自面对六头缪拉公牛[①]。当第三头牛上场时，我摘下帽子，扔进斗牛场：那是我非常喜欢的一顶帽子（我喜欢帽子、首饰，那些全世界女人们喜欢的没用玩意儿我都喜欢），但我万分仰慕这位斗牛士，或者应该说我羡慕他？他太勇敢了。没有任何美德，包括智慧、善良，比勇气更吸引我。对我来说，没有什么美德像勇气这般有气魄。这世间我最爱气魄，而勇气正是它必不可少的组成部分。我想一位女性能够获得的最好赞扬就是："你真有魄力，你是个伟大的人。"是否有魄力并不取决于性别。上帝啊，为了成为一个伟大的人，我愿意付出任何代价。[33]

---

① 繁殖、饲养于缪拉畜牧场的公牛。该畜牧场位于西班牙的塞维利亚，以培养大型、好斗、凶猛的斗牛而著称。

重回元年的佛罗伦萨

阿尔诺河畔的柯西尼街、阿尔齐布希利街，圣三位一体桥的斜坡，德·巴尔迪街……一切都没有了，一切。它们消失了，不见了，从这个世界上抹去了。阿尔诺河边的矮护墙没有了，河堤没有了，街道没有了，连房子也没有了。只有一些房屋的最高层，它们还能在房梁的支撑下，于大水中苟延残喘。仿佛有一只大手，突然来了兴致，与我们开了一个可怕的玩笑，从这片土地上轻而易举地取走了佛罗伦萨，就像从盘中取走一块蛋糕。取而代之的是一片汪洋，填满了所有空间。一切好像都不存在了，仿佛我们从未涉足这片土地。即使是之前的轰炸也没有带来如此大的破坏。轰炸过后至少会留下些什么，废墟，瓦砾。可现在，哪怕是一抹轻烟都没有留下。老桥，这座城市的文化、美景、闪光的一切，还有一个个店面里的财富，没了，都没有了。它们被大水碾为尘土，抹得干干净净。走在老桥上，你能看到的只有那该死的阿尔诺河，还有一个个黑黝黝的洞口，上面写着某个珠宝商的名字。只有两家店铺，不知为什么竟神奇地幸存了下来：虽然都遭到了严重的破坏，但好歹还能看出原来是两家小店——一家银器店、一家领带店。银器店已经被重新打扫干净，但四处是修补的痕迹，显得十分凄惨。在一朵银质花卉的下面有一个标牌，上面用英语写着："对不起，这是我们仅剩的了。请您买下它。"在领带店里，玻璃柜中的领带都已经被大水泡得起皱。店中还有几个水洗皮制作的皮包和一个写着英语的标牌："请买下这几件被大水淹过的商品，谢谢。"所有人都在这么做。在波尔·圣玛丽亚街上，也有三四家店几乎被大水洗劫一空，仅剩四面光溜溜的墙壁。经处理后还能出售的商品寥寥无几，人们把这些商品清洗干净，然后摆放在一张桌子上，在商店彻底关门停业之前用这种方式把剩余商品以极低的价格售出。我的内心久久不能平复，于是时常走进这些洞口，买下那些对我来说毫无用处的东西，只为给商家们留下些钱。那一小盒十根的领带早被我丢进了阿尔诺河，但我买下它们时，店家是如此心满意足："这些领带还能用的，您知道的吧？它们都消过毒，而且也没有什么气味。”这样的场景真让人心碎，直到动笔写下这些事时，我仍会忍不住哭泣。那段时间，我一边流泪，一边走过整个城市。不仅因为这场灾难，还有佛罗伦萨人民在面对这场灾难时表现出的尊严。晚上十点、十一点的时候，人们还在不断清洗着整座城市。你能看见无论男人、女人还是孩子，都攀爬在梯子上，努力刮去附着在墙上或天花板上的油迹。他们执着、顽强、沉默不语，带着闯过眼前难关，继续活下去的坚定。你不会相信自己的眼睛。我的意思是，整座城市已经死去，可人们的表现，让人觉得它仿佛生机勃勃。这种勇气，这种力量，会让你迷失其间，不可自拔。有一家鞋店还没有恢复电力供应，店主摆在玻璃橱窗里的六双鞋满是褶皱，下面标注着它们的价格：“廉价出售，每双五百里拉”。整个橱窗全靠三支教堂里用的大蜡烛照明，但中间却摆放着一个花瓶，里面插着一支玫瑰。另一位店主把店里的法国香皂摆得整整齐齐，每块售价五十里拉。香皂旁边还有一块牌子：“不论如何，它们还是法国香皂”。我与这位店主聊过此事，他对我说：“我不需要任何人的怜悯施舍。你看，我都应该在小猪市场被打过一百次屁股了，可我照样还是把我的店又开了起来。”（曾经有很多人集中在小猪市场摆摊出售草帽，市场里有一块石碑，中世纪时破产的商人会被带到此处并当众被打一百下屁股以示惩戒。所以现在破产的人也会被称为“蓝屁股”。）令人欣慰的是，这些佛罗伦萨人并没有丢掉他们的幽默感。面对所发生的一切，他们自我揶揄道：“理解他一下吧，他和我们一样也是个‘蓝屁股’啦……”而且他们也没有丢掉自己的骄傲。有一天，一辆德国卡车拉着灾后的储备物资来到波尔·圣玛丽亚街。司机是个中年德国人，人们把他团团围住，问道：“当年您的那些德国同胞们在这条街上四处埋雷时，您又在哪儿呢？”可怜的德国司机支支吾吾、不知所措。“该死的家伙，快滚出去！”父亲为这些佛罗伦萨人的所作所为气愤不已，他认为这样的行为简直骇人听闻，可我却觉得他们已经够礼貌了。我路过乌菲兹美术馆，那里已经臭不可闻（美术馆前面的河堤也被冲毁，完全不见踪影了）。我来到圣母百花大教堂前的广场，觉得时光仿佛倒退了二十年。吉贝尔蒂[①]雕刻的青铜大门已没有了原先金碧辉煌的模样。经历大水之后，它们变得和炭一样漆黑，其中两扇不知被洪水带到了哪里。天堂之门[②]第三块浮雕上有吉贝尔蒂的自刻像，也不知是谁清洗

① 洛伦佐·吉贝尔蒂（Lorenzo Ghiberti，1378—1455），意大利文艺复兴早期雕塑家，与多纳泰罗和南尼为意大利文艺复兴时期新雕塑艺术风格奠定基础。
② 吉贝尔蒂于1452年完成的青铜浮雕，文艺复兴时期的杰作之一，浮雕共十块，取材于《圣经·旧约》。

了他的头部。现在，在一片漆黑之中，吉贝尔蒂正从门中探出他那金色的头，惊讶地看着眼前的一片狼藉。这一幕竟然如此悲怆。一位老人从门前走过。他停下来，看着吉贝尔蒂的雕像："你看见你那仁慈的主都对你做了什么吗？你承受万般辛苦给他雕刻出一个天堂，他却亲手送你一个地狱。你真是个傻子！"看，只要你睁开双眼，竖起双耳，就一定能找到写作素材。

之后我又去了圣十字教堂。在这里，眼前的景象像一场场噩梦般向你袭来，令你无法入眠。大水一直淹到了教堂的第三层。长时间的浸泡使被淹的地方留下一片红色的漆（可能是煤油混进了水里），根本无法洗去。你能想象吗？就像鲜血一样。即使你想忘记，那片红色也依旧紧紧跟随着你，压得你喘不过气来。噩梦里还有被大水冲来的灌木，它们死死地挂在路灯上，与百叶窗纠缠在一起。在一幢房屋的房顶上，立着一座木制镀金天使像。没有人知道它属于谁，也没有人知道它从哪里来。洪水裹挟着它一路而来，然后把它留在了房顶上："至少它的样子看上去很美。"

时任佛罗伦萨市市长的巴尔杰利尼因洪灾而过度悲伤与愤怒，诱发了心肌梗塞。在卧床期间，他让人在墙上贴满了公告："我亲爱的市民们，请不必忧心，我很好。虽然我一度身体状况不佳，但现在已经没事了。让我们劳作起来，清洗这座城市，让它重新变得整洁。来自你们市长的问候。”唉，可是一个文明如何能在一百年内得以重生。[34]

越南风云

越战爆发了。作为一名记者，或者毛遂自荐，或者受报社派遣，早晚都会前往那里。我是主动要求前往的。妹妹伊莉莎贝塔曾问我，生命是什么。我不知如何作答，所以我想前往那里寻找答案。儿时的经历让我过早地明白，死去的人与万物不同，他们并不会在春天重生。我之所以想去越南，也是为了探寻我童年的那段时光。现在我站在西贡，惊讶地四处探望：战争在哪里？在新山一机场，喷气式歼击机、配备了重机枪的直升机、装载着凝固汽油炸弹的拖车与神态悲戚的士兵们排成一排。但这不是战争。通往西贡的道路上，布满了铁丝网路障、用沙袋建成的防御工事和碉堡。碉堡中，士兵们伸出黑洞洞的枪口。但这也不是战争。西贡城里，吉普车搭乘着全副武装的士兵，卡车拉着加农炮来来往往，运送一箱箱军需物资的队伍往返穿梭。可这也仍然不是战争。人力三轮车轻快地在车流之中穿行；水上市场的女商贩们迈着小碎步，用竹竿做的杆秤称量自己兜售的商品；个头矮小的女人们穿着长长的外衣，披散的头发像黑色的纱巾在身后来回晃动。自行车、摩托车、肮脏但速度飞快的出租车，还有那些拿着鞋油盒与刷子，随时准备为你刷鞋的孩子们，这些和战争有什么关系呢？一九六七年的十一月，西贡虽然混乱，却充满了活力。当你来到西贡时，你几乎感觉不到战争的存在。也许你更愿意相信这是一座战后的城市：商店里摆满的食物、珠宝店里琳琅满目的金饰、开门迎客的餐馆和阳光。你走进一家旅馆，会发现电梯、电话和吊顶电扇都能正常运行，越南的服务员随时准备着回应你的示意，桌上也总会摆放着一盘新鲜菠萝和芒果。你不会想到死亡。

然而，一天晚上，战争突然用一声炮响撕裂了我的耳膜。然后又一声、再一声。墙壁震动着；玻璃叮当作响，仿佛随时都会破裂；房间正中的吊灯来回剧烈晃动。我跑到窗边，地平线上的天空已经变成了红色。我认出那是战争，让我过早明白逝去的人们不会在春天重生的战争。在那个时刻，我突然想到，世界上别的地方都在激烈讨论心脏移植：除了这里，世界上所有人都想知道，如果一个病人只有十分钟可活，那么摘下他的心脏，把它移植给另外一位还有十个月生命的病人，这件事是否合法。然而在这里，一个年轻、健康、拥有自己健全心脏的民族，他们的生存权利正在被人无情剥夺，可是没有人想知道这件事是否合法。愤怒将我席卷，它渗透进我的皮肤，刺穿了我的神经。我发誓要写下这个矛盾的现象，于是由此诞生了一本日记。

有人告诉我，如果你想知道什么消息，应该去法国新闻社，认识一下那位叫作弗朗索瓦·佩鲁的分社长。于是还不到中午，我便前往报社找他，弗朗索瓦就在社里：他是一个相当帅气的年轻人，一头灰色的头发，运动员般的身材，面容严肃而专注，双眼带着悲伤与讽刺。最初，他给我留下了深刻的印象，因为他是那种与众不同的人，你会不止一次地转身打量他，总觉得他身后还藏着什么东西。后来则是因为他生硬、暴躁的举止：他不信任你，也不会尝试着去信任你。

我回到旅馆，发现一张他留下的字条。他的签名用了缩写，我一时没有认出来。但我从那热情又傲慢的语气判断出了字条的出处："享受你在达喀图所要经历的一切。不要害怕。FP。"[1]

① 原文为法语。

我在达喀图第一次接触到了越战。那时是十一月，在此之前我还没有亲眼看见过任何一场战斗。我把弗朗索瓦的纸条放在制服的口袋里，“N'aie pas peur”，不要害怕。我不想害怕，可心中依然充满恐惧。也许这就是为什么我瞪大了双眼，仿佛今后再也不会遇到如此令我害怕的事。[35]

* * *

勇敢并不意味着不害怕。它意味着尽管害怕，却仍要做该做之事。不仅过去，我现在仍然对战争和危险充满恐惧。强烈的恐惧。有的人会因为害怕忍不住跑卫生间，但它对我的影响却完全不同：我的肠胃会因此收缩，陷入瘫痪状态，这导致我很长时间不会去卫生间。在越南的时候就是如此，记忆里没有哪一天我不是深陷恐惧。如果有人说他不害怕战争，那他一定是个虚伪的骗子、混蛋。骗子！伪君子！怎么会有人不害怕战争?!所有人都害怕战争，没有任何一个士兵、任何一个英雄不对战争心怀恐惧。对炸弹的恐惧，对枪声的恐惧，对死亡的恐惧。我会问每个人：“你害怕战争吗？”毫无例外，每个人的回答都是：“是的，女士，我们害怕，害怕极了。”“我也是。”我依然记得有少数几次，我因为害怕没有做成本来想做的事。嗯，比如说去溪山。我没有去溪山，有两次我想去，但最后没有成行。第三次时我完全准备好了，当时我已经登上了一架 CH-47 直升机，孤身一人坐在一堆军需品当中。一旦飞机被越共的子弹击中，我们就会像炸弹一样从高空坠落。尽管如此我仍然没动摇。“我必须这么做，”我想，“必须。”曾经有人这么做过，以后还会有人这么做，所以我也一定要做到。结果那一次，该死的，两个飞行员害怕了。他们说飞机的螺旋桨出了问题（其实一点问题都没有），所以我们没有起飞。我不得不走下飞机，此后也就再也没尝试去溪山。但我们还是需要了解一下那个地方。那儿只是一个小山谷，与奠边府一样，被数万北越士兵包围了数月之久。一个个生命在逝去，和我抽根烟一样轻易。如何到达那里也是一件很麻烦的事，因为飞机或直升机在着陆之后根本不会做任何停留。它们只是打开后门，同时保持在地面的滑行，然后再升空。人们跳下飞机，一边奔跑，一边还要注意着随时扑倒或是滚进战壕以躲避危险。[36]

我过去把航天员们称为英雄。可是登上月球的安全系数高达 99.99%，登月用的宇宙飞船由上千名技术人员、科学家进行二十四小时不间断的测试，细至每一颗螺栓，还有许多可靠的设备能够随时帮上你的忙。所以登月这件事需要很大的勇气吗？即使最后登月失败，你可能要在月球上死去。但你的死亡在万众瞩目之下，全世界的人都仰慕你、赞美你、为你哭泣。面对这样的死亡，需要很大的勇气吗？不。所以我明白了，真正的英雄并不是你们，我的宇航员朋友们。真正的英雄应该是越共，他们赤着双脚，怀揣着梦想，杀死敌人或被敌人杀死。真正的英雄是那些士兵，他们在冲锋号中向一座与自己毫无关系的山丘发起进攻，然后在丛林中孤苦伶仃地死去。真正的英雄是某个女孩，或是某个僧侣，也许一个灭火器就能扑灭身上的火焰，但他们还是义无反顾地自焚以示抗议。[37]

所有这些事都记录在我的书《一无所有，就是如此》(*Niente e così sia*，1969）里。一个置身事外却又同时卷入其中的人日复一日、近距离地目睹了战争的野蛮、愚蠢，以及人们在战争中的恐惧与无力。这本书就是上述一切的见证。我们所有人都知道这一切，却也遗忘了这一切。我希望，当然最终也做到了，在这本书中明确表达对人类的信任。因为当人们看到我所看到的一切，看到那些彼时身处越南的人们所看到的一切：屠戮、谋杀、战争的罪行，当我们目睹这一切时，必须要相信人类。如果不相信人类、不爱他们、不为之申辩，也许我们回到家中，真的会向孩子们扔出手中的炸弹。[38]

* * *

一九七五年，我又回到了西贡，但在越南人抵达这里的前几天便离开了，因为我担心被困在这里三个月、四个月甚至六个月之久。我这么做不仅仅是为了阿莱科斯，更是为了我的母亲。当时她已经病了一段时日，很多人都认为她命不久矣。如果因为被困西贡三到六个月，没能在她去世之前见最后一面，我一定不会原谅自己。对我来说，放弃观看北越军队和越共进城、在图多路上行军是很困难的，因为我对越南战争的报道已经持续了七年。这是一个巨大的牺牲。上帝啊，巨大的牺牲！仅有极少数的人留在了西贡：两三个美国报社记者和两三个法国报社记者，他们最终都如我担心的那样被困在了城里。我必须做出选择，而上述牺牲就是我的选择，一个出于爱的选择。[39]

墨西哥

在墨西哥时，一颗子弹击中了我的腿部，因此现在一下雨，我就会跛得厉害。[40]

受伤，或者像我这样受如此严重的伤，都是这个职业中常见的事故。很显然，如果一名记者前往报道一场战争或一场暴动，有人朝他开枪是再常见不过的事。我受伤这件事并不重要，重要的是我如此近距离地见证了整个事件。是的，就像身处龙卷风的风眼。[41]

那片广场被叫作“三文化广场”，因为它集墨西哥三种文化的特征于一身：阿兹特克金字塔的废墟象征阿兹特克文化；一座建于十六世纪的教堂象征西班牙文化；现代的摩天大楼象征墨西哥现代文化。这片广场占地面积甚广，有很多条进出通道和逃生路线。所以学生们选择这里作为反对政府的集会地点绝非偶然。学生、工人、老师，那些有勇气向政府抗议的人聚集在了一起。当时的墨西哥执政党叫作革命制度党，他们自诩为社会党的一员。但让人费解的是，它算是哪种社会党呢？在它领导的国家里，贫困人口位于全世界最贫苦之列，农民们每周只能赚八百里拉，如果他们抗议，警察就会用冲锋枪让他们闭嘴。这是学生们抗议的内容之一。此外，学生们还要求那些霸占学校、在教室中住宿、毁坏学校仪器设备的士兵离开校园；再者，他们抗议在墨西哥举办奥林匹克运动会。[42]

“不用担心，什么事都不会发生的。”那天中午，我采访了一位政府高级官员，当我询问他，是否会用武力手段制止下午三文化广场上的集会和游行时，他如是回答。可事实上，当时武装坦克已经进入警备状态。同样进入警备状态的还有后来臭名昭著的奥林匹克营。他们知道接下来会发生什么，我们所有人都知道。我们知道得明明白白，所以当我走出伊莎贝尔女王酒店，对其他特派记者说“你们和我一起来吧”时，他们的回答是：“我们真的不去。你去吧，然后告诉我们都发生了什么。”[43]

我可以告诉你们我都看见了什么。当时广场上大约有五六千名学生，他们十分平静，没有任何暴力举动。之后铁路工人代表也有序到达。没有任何所谓的冲突可能导致后来发生的那场疯狂、暴力的惨剧。一名国家罢工委员会的大学生正在对公众讲话，言语里也没有任何煽动性的词汇。他只是告诉大家，学生们准备从周一开始进行绝食抗议。就在此时，一架直升机开始在广场上空盘旋。它越飞越低，然后突然投放了几枚信号弹。我仿佛一瞬间回到了越南。短短一分钟之内，也许只有半分钟，军队的卡车就将广场完全包围。大批大批的士兵一边跳下卡车，一边向人群开枪。游行示威的人在一栋建筑物的平台上演讲，我当时就站在那里。就在军队的士兵跳下卡车，开枪杀戮那些示威者时，先是四十来个，然后又有八十来个便衣警察举着左轮手枪冲上平台。他们向我们开枪，把我们甩到墙上，大声喊着我们被捕了。[44]

是的，我去过越南。我见证了“春节攻势”，亲历了对河内的封锁，目睹了达喀图战役、岘港战役和广治战役。我现在就像习惯手边的烟卷一样，习惯了爆炸、交火和鲜血。

尽管如此，我仍无法相信自己的双眼。我应该解释得清楚些，当时我所处的地方并非战场，而是一个即将举办奥运会开幕式的城市……那些铁路工人拿着他们的旗帜一个接一个地倒下了；年老的妇女们从台阶上摔了下来；孩子们惊恐地四散奔逃。一个孩子被机枪打成了筛子，几乎要变成两半，另一个孩子死前还在呼唤着他的名字："温贝托?！他们都对你做了什么啊，温贝托?！"

他们抓住我的头发，把我甩到墙上，狠狠地打了我。然后，像对待学生们一样让我趴在地上。他们紧跟着也趴了下来（只不过他们趴在平台的护墙下，以其作为掩体），接着用左轮手枪对准了我。手指扣在扳机上。我中枪后，他们丢下我，任我流血不止。[45]

当子弹打进背部时，我心想："就算我不死，也要瘫痪了。"我感到一阵害怕。当子弹打进腿部时，我想："如果我没有因失血过多而死，这条腿也保不住了。"我又感到一阵恐惧。[46]

直到天黑，在一位德国记者的坚持下（"首长，她不是学生，她是奥莉娅娜·法拉奇，一名作家、记者。"），他们终于把我拖走了。怎么拖的？他们抓住我的头发，像拖一袋土豆一样把我拖下了台阶。每一级台阶都正好撞在我的伤口上。楼梯上，一个年轻的士兵抢走了我的手表。他俯下身，一边笑着，一边把手表从我的手腕上摘下。另外两个士兵笑嘻嘻地把我丢在地上。我又被丢到了哪里？楼上有一个卫生间似乎被炮轰塌了，肮脏的粪便和散发着恶臭的液体落在我躺的地方……

他们都以为我死了，所以没有把我送到急救中心，而是丢到了一个堆满尸体的大房间里。就在这里，在一堆尸体当中，我睁开了双眼。气急败坏的我积蓄起全身的力量，尽管有些尴尬，但还是用意大利语高声叫骂道："婊子养的、凶手、混蛋法西斯，快把我从这儿弄出去！"感谢上帝，有人听见了我的叫喊。一位披着紫色圣带，负责施临终涂圣油礼的神甫走了进来。"她还活着！"神甫的呼喊声中满是难以置信的激动。然后他弯下腰，问我："您是天主教徒吗？"我觉得这个问题问得很不合时宜，所以我到现在都不敢告诉你们我的回答。但我也因此得救了。神甫确信只有一个活着的人才能放任自己说出这样的污言秽语，于是这个可怜的家伙立刻把我送去了急救中心。意大利大使瓜斯托内·贝尔克莱蒂已经忧心忡忡地找了我好几个小时。一辆意大利大使馆的汽车把我转移到了另一家医院。在那里，瓦萨利医生进行了一场漫长而复杂的手术，将子弹从我身体里取了出来；也是在那里，墨西哥当局拘留了我好几天。

我一生中见过许多丑陋的事。很多。我出生在暴政之下，成长于战争之中，在生命的大部分时间里，我是一名战地记者。在年复一年的前线生活中（八年在越南），我报道一场场战斗，冒着枪林弹雨和呼啸而来的炸弹，见证了人类的残忍与愚蠢。我目睹了无数杀戮，这是一件痛苦的事。但在和平年代，在特拉特洛尔科广场屠杀之前，我从未见过如此无耻、如此无情，又如此精密策划的杀戮。从来没有。[47]

如果没有身上这三道疤痕，我会感到无比遗憾。如果没有这三道疤痕，我不会理解生与死的意义。那些我亲眼看见，死于同类之手的人，他们的死亡对我来说会变得无关痛痒，而我也会像一只阳光下的蜥蜴，一动不动，偶尔懒洋洋地打个哈欠。[48]

* * *

一九七八年的夏天，纽约里佐利出版社社长计划出版一本有关墨西哥的图文书，并邀请我担任该书的主编和统筹策划。一开始我对他的提议一笑了之，可后来我又仔细考虑了一下。世界变了，我想，人们也变了。也许可以接受这个建议。

我当时常住纽约，就从那里给时任意大利驻墨西哥大使拉斐尔·马拉斯打了一通电话，寻求他的意见。马拉斯说这是一个不错的想法，我应该尽快动身前往墨西哥城。于是，尽管仍带着一丝犹豫，我还是出发了。下飞机后，我发现马拉斯和大使馆一众人员正在机场警戒隔离带等着我。我惊讶地询问原因，他回答说："在最后一刻，我突然冒出一丝不确定，就给地方当局打了一通电话，问他们您是否在墨西哥有不良记录。他们给我的回复是，如果您回到墨西哥，他们将根据拘捕令逮捕你。当时已经来不及通知你了，所以我只能带着证人一同过来。但是五分钟前，他们答应我说，如果我直接带你去大使馆，他们就可以不逮捕你。"

尽管最后逮捕令撤销了，但我在墨西哥城逗留的时间并不长。显而易见，纽约里佐利出版社的计划只能取消了。[49]

重返太空

我是个讨厌的人，我知道。你猜那些美国的宇航员们是怎么说的？要从月球回到地球，有一个保险的方法就是带上奥莉娅娜。[50]

那天晚上，休斯敦的天空看不见月亮。乌云密布，又下起了雨。在这个没有月亮、雨声潺潺的夜晚，时钟走到了预定的八点半。很快又被改到了九点，因为八点半的时候，阿姆斯特朗和奥尔德林还没有准备好出舱。不一会儿，时间又改到了九点半，因为九点他们仍然没有准备好。九点半，控制中心宣布两人已经准备完毕，距离舱门打开还有一刻钟左右。我们所有人都坐在座位上，紧盯着眼前巨大的屏幕。屏幕上，电脑的信息不断排列、交替。

肯尼迪角，4:30

从这儿能够很清楚地看见火箭，它就在我的眼前。天啊，太美了！这是我见过最漂亮的景象之一。它周围安放了三十来盏灯照明，就像我们在欧洲给纪念碑照明那样。其实它也算一座丰碑，高耸入云，就像一座金属打造的三十六层摩天大楼。不过我们看不出它金属的外表，只能看见它表面的光亮。它就像一束光，一颗硕大的宝石，在黑夜里闪烁，发出耀眼的光芒。这一幕十分动人。是的，动人，我相信这是用来形容它最合适的词汇。动人，如璀璨的星辰。大约深夜两点，我刚到达这里就被它深深吸引，仿佛无法呼吸。远远望去，火箭就像是坠入人间的星辰：面对这样的事物很难无动于衷，之后目睹火箭升空也是如此。此时此刻，我非常兴奋。自从人类出现在地球之上，仰望天空，看到那颗叫作月亮的星球时开始，我们就一直梦想着有一天能够踏足那里。几个小时之后，人类将实现这个愿望，带着他们的罪与错，登上月球。这就是人类：他们发明了原子弹，用它残害了无数生灵，然后他们前往月球。他们不是天使，也不是野兽，而是这两者的综合。这颗叫作土星号运载火箭的璀璨星辰给我带来的巨大震撼，我永远不会忘记。但我也在想，此时此刻的越南，无数人正在死去。不久后火箭升空，所有人都会为这个奇迹高声欢呼。可就在那一瞬间，至少有一个人，甚至十个人被子弹、炮弹夺去生命……四、三、二、一，火箭即将发射，有人也即将死去。多么骇人听闻！可人类还是要去月球。这件事能让人类改变多少？能够让他们多一些天使的善良或者少一些野兽的残暴吗？也许什么作用都没有。

一开始只有声音。因为摄像机被安装在登月舱的某个部位，只有从舱外才能启动它。为此，阿姆斯特朗必须走出舱外，走到梯子中间。传来的声音很清晰，但不像往常那样冷静自若，而是充满了担忧与犹疑。尤其是阿姆斯特朗的声音，终于开始有些颤抖——这才是第一次踏上月球的人该有的样子。不过我们也没好到哪里去。上帝啊，我们都在发抖。

阿姆斯特朗一边和休斯敦控制中心通话，一边伸出左手，打开了摄像机。就在那个时刻，我们眼前的屏幕亮了，全世界和我们看到了一样的画面：登月舱的着陆探头、底部，还有月球远方的地平线。然后我们看见了那只脚。那只在人类历史上具有重大意义的左脚正在寻找梯子上的台阶，它走得那么慢、那么小心翼翼，却又那么坚定。控制中心的布鲁斯·麦克坎德雷斯惊呼："嘿，伙计！我们在电视上收到画面了！哦，天啊！"奥尔德林开心地回答："还不错吧，嗯？”布鲁斯·麦克坎德雷斯又说：“尼尔，尼尔！[①]我们看见你走下台阶了！”当时是休斯敦时间九点五十六分，我们所有目睹这一切的人都只会不停地说：“Man! Oh, man!”Man 的意思是“人”。是“人”，而不是“上帝”。在大家的惊叹声中，阿姆斯特朗又往回走了两三步，试试上台阶会不会有困难。一点问题都没有。于是他又重新向下迈出谨慎而坚定的步伐。很快，我们就看到了他整个人：先是白色的宇航服，然后是头盔。在最后一级台阶上，他犹豫了一会儿。因为最后这级台阶很高，几乎需要跳着才能到登月舱着陆探头的金属圆板上。他好像没有跳下去的勇气，没有从“水中”离开，“登陆”地面的勇气。后来，他鼓足勇气，纵身一跃，跳到了金属圆板上。他在月球上的第一句话是：“我现在走下梯子了。”[51]

如今，戏剧性的一刻落幕，我们智慧与历史的边界延伸到了月球的静海[②]。对于将月球纳入人类囊中这件事，我们习以为常，甚至还能自嘲地说起当时的焦虑与恐惧：“也没什

① 阿姆斯特朗全名尼尔·奥尔登·阿姆斯特朗（Neil Alden Armstrong）。
② 月球众多“月海”（月球上比较低洼的平原）之一，阿姆斯特朗首次登月时登月舱的着陆地点。

么难的嘛。”有的人说：“点个火不就飞上去了。”冲破地球这个蓝色的牢笼，到达月球那个丑陋的岛屿，这是个奇迹。可我们已经习惯了一切，很快就会把它遗忘，如同我们忘记第一条鱼离开海洋，登上陆地，变成了人类。人们一次又一次地述说着，再也不觉得登月是对上帝威严的挑战。这场伟大的冒险很快就会沦为围绕着两位宇航员的喧嚣，尽管我们已经给了他们英雄的标签、邮票上的图像、课本中的名字，并在我们的历史中为他们留下一席之地。或许登月的成功让我们忘乎所以，又或许发生的一切已经完全超出了我们的认知：就像那条鱼，它从没意识到自己离开海洋之后会变成人类。同样的，我们也不知道，在抵达另外一个星球之后，会有什么根本无法想象的事发生在我们身上。[52]

我的主编

当我收到安吉洛·里佐利去世的消息时，发生了一件奇怪的事。当时我正在南美，接触到的都是不公正的死亡：一名十八岁的学生被警察枪杀；一位敢于反抗的神父被电击折磨至死。我的上一站是玻利维亚，切·格瓦拉就在那里被枪决，然后又被砍掉双手，草草埋葬，当时他只有三十九岁。从逻辑上讲，至少根据我的逻辑，我不应该为一位老人安详从容的辞世感到震惊，他在八十一岁的高龄没有痛苦地死在自己的床上，而生活曾对他无比慷慨。但我还是乘坐最近的航班赶往欧洲。为什么？我在飞机上询问自己。“他不是我的什么亲戚，”我自言自语道，“甚至算不上朋友，他只是我的一位编辑，我会给他供稿、写书罢了。”好吧，我和他之间毕竟是有关系的，可是也没有人要求我去哀悼他。我回欧洲，既不是出于利益、道德，也不是出于对他的同情。那是为什么呢？

安吉洛去世之后，所有人都说他是个伟大的人。他的事迹被夸大，充斥着奇闻轶事和陈词滥调，他生前的财富、权势与威望曾给人们带来的恐惧同样助长了传奇的扩张。害怕他的人并不在少数。出于这种恐惧，他们像臣子一样围聚着他，随时准备阿谀奉承、溜须拍马、骗取钱财。在别人极尽所能地展示自己奴颜婢膝的一面时，安吉洛只是用他那双小眼睛，冷冷地注视着一切。“是的，先生。当然，先生。马上，先生。”可是从来没有人给他送过一份真情实意的礼物。一天，我给安吉洛带来一个刚出土的小瓶，里面插了两根沼泽勿忘我草，他的脸上满是惊喜与难以置信，简直快要哭出来。离开时，安吉洛把瓶子夹在拇指与食指之间，我觉得拿圣餐饼也不过如此。

好吧，反正我是不怕他。相反，我甚至有些同情、可怜他。这听上去也许有些荒谬，但他给我的感觉十分孤独、脆弱，还很无助。首先，他的脚很小，看上去就像那些出生后就需要缠足的中国女人的小脚。每次看见它们时，我都会想，这双小脚是如何承担起安吉洛的身躯和他的责任。他的手也很小，落到孩子们身上、钱上时就会变得无比温柔，仿佛轻软的羽毛抚过。其实安吉洛整个人长得都很小：满是白发的头很小，那张圆圆的、严肃的、有着亚洲人特点的脸也很小。鹰钩鼻不大，嘴唇几乎看不见，小眼睛从来不带笑意——除非有人能逗他笑，而我就不时能做到。你知道用什么计谋吗？我会跟他说，要想远离邪祟、厄运和子弹，摸他可比摸珊瑚管用多了。如果我的行程充满危险，那么我会在出发前去找他，摸摸他的胳膊或者肩膀（“就让我摸一小下，里佐利，谢谢啦！”）。安吉洛冰冷的眼神在我谄媚的样子中融化：“狡猾的家伙！”尽管他嘴上这么说，还是会尽职尽责地扮演巫师，甚至吉祥物的角色。只有一次例外。那一次我要去柬埔寨，之前有很多记者死在柬埔寨。我冲进安吉洛的办公室，对他大喊：“里佐利，今天我得用特别的方式摸摸你。”这次我没有碰他的胳膊或者肩膀，而是把手放到了他的肚子上。安吉洛一下子跳了起来，脸变得通红：“粗鲁的臭家伙！”有那么一瞬间，我以为他会给我一耳光，然而他没有：他从不会用手打人，我甚至认为他根本没有责罚过任何人，何况他还那么害羞腼腆。但这只是对人，对生活他却并非如此。

意大利最优秀的文学作品和新闻刊物都出自里佐利出版

社：如果不是安吉洛这个喜欢把“香港”说成“金刚”的聪明老家伙，谁能发现它们、锁定它们呢？是谁出版了最权威的百科全书、最精致的艺术类书籍？又是谁以五十里拉的价格出售那些知名人物的袖珍版本书籍？比如塔西佗和柏拉图，希罗多德和西塞罗，莎士比亚和莫里哀，还有高尔基和托尔斯泰。

也许有人会说，做出选择的人并不是安吉洛，而是他手下雇佣的一群人。所以你觉得安吉洛的本事算不上什么？我指的就是他识人的本事。他对人的聪明才智十分敏感，一如他对生活的敏锐。一眨眼的工夫，他就知道“您就是我要的人”，或者“您可真是蠢透了”。

安吉洛每天早上八点到办公室，晚上八点才会离开。有一次，我在假日撞见他在办公室，于是我从房间门口探出脑袋，逗他说：“里佐利，你这么工作是要把养老的钱都攒出来呀。”他眨了眨冷漠的小眼睛，反驳道：“臭家伙，我工作是因为还不想死。”如果他不工作，可能真的会死吧。如果安吉洛累了或是病了，医生会说：“千万不要阻止他工作，那只会让他的情况变得更糟。”

到底怎样才算是一个伟大的人？我不知道，也许指的就是像安吉洛这样的人吧。[53]

采访的艺术

越南战争之后，我开始采访世界各地的领导人、国家元首。这使我得以出版了自己最喜欢的一本书：《风云人物采访记》（*Intervista con la Storia*，1974）①。[54]

我讨厌采访，一直以来都是如此，包括那些对所谓全球强权人物的采访。要想做一个好的采访，必须千方百计深入被采访者的内心世界，而这总会引起我的不适。因为我一直觉得这是一种暴力、残酷的行为。[55]

当某个愚蠢的家伙介绍我是一名采访记者，或者一名政治采访记者时，我会变得十分烦躁。而当人们谈论我对霍

① 书名直译为“采访历史”，此处采用该作品中文版书名。

梅尼①或基辛格的采访，并认为它们是我职业生涯，甚至整个人生的巅峰时刻时，我会很不高兴，甚至有些愤怒。我的上帝啊，就算我重写了《白鲸》，人们也无法忘记某个叫作基辛格的牛仔说的傻话，或者我曾在霍梅尼面前一边对他说“见鬼去吧！”，一边脱下的卡多尔②。人们不了解的是，我的采访之所以如此，不仅仅是因为我的性格、文化特点，还因为它们并不是一个普通记者的采访。它们是一位作家的采访，由作家的想象孕育而出，由作家的敏感引导其进行，并最终成型于作家对生命的理解与认知。[56]

通过采访报道新闻是我的独创，我的采访一直以来也都十分严谨、准确。我从没欺骗过任何人，就算采访对象不值得我尊重，让我十分讨厌，我也会认真仔细地保持报道的忠实性。也就是说，不管他或者她多令我厌烦，我都会严格地引用他们的原话。还没有任何人能够指责我在采访对象的回答中掺杂不准确或不真实的成分。[57]

---

① 霍梅尼（Ruhollah Musavi Khomeini，1902—1989），伊朗政治、宗教领袖，曾领导1979年伊斯兰革命。

② 全身罩袍外套，里面用深色头巾拢住头发，只露出面部，多见于伊朗地区。

我很少编辑我的采访，因为采访过程本身就已经很好了，最多只需要去掉其中重复的部分。但有两次采访完全没有重复之处：一次是对武元甲的采访，一次是对基辛格的采访。[58]

* * *

对基辛格的那次采访从没令我满意，所以我无法理解为什么它会被人们奉为经典，反复出现在美国各类政治相关的书籍中。[59]

一九七二年十一月二日星期四，我看着他一脸忧虑、面无笑容地朝我走来。“早上好，法拉奇小姐。”他说。然后他把我引进他漂亮的办公室，始终没有笑意。办公室里有很多书、纸张、抽象画、尼克松的照片，还有好几部电话。之后，他就把我晾在一边，转过身背对着我，开始看一份长长的打印文件。基辛格自顾自背对着我看文件，让我觉得待在这间屋子里有些尴尬，他的表现愚蠢且无礼。不过这样一来，我就得以在基辛格观察研究我之前好好观察研究一下他。我发现基辛格又矮又壮，顶着一颗公羊般的头颅，毫无吸引力，而且既不从容也不自信。在面对某人之前，他需要花些时间并用他的权威保护自己。我们经常在那些胆怯的人身上看见这种现象，为了极力掩饰自己的胆怯，他们会显得比较粗鲁，或者真的变得粗鲁。

在整个采访过程中，基辛格始终面无表情，眼神时而严峻冷酷时而满是讥讽，单调、悲伤的语气语调也始终如一，毫无变化。录音机的指针会随着说话音调的高矮变化发生移动。可是在他的采访中，指针毫无变化。我不止一次地检查，以确保录音机运转正常。你知道雨点落在房顶上时那种连绵不断、让人心烦意乱的声音吧？基辛格的声音就是这样。事实上，他的思维也是如此：从来不愿想象、不愿另辟蹊径、不愿犯错。一切都在他的计算之内，如同自动驾驶的飞机。基辛格会考虑到每个句子的最细微之处，绝不会失口说出他不想说的话，他说的每句话都是有用的。

基辛格十分油滑，是冷酷之人中最冷酷的那个。上帝啊，我简直无法形容。[60]

基辛格给我留下了许多坏印象，他曾意图否认那句十分出名的关于牛仔的话①，他还说我从照片上看像个漂亮的女人，但实际上是一只丑小鸭，“一只又小又丑的鸭子”②。更甚者，他在回忆录《白宫岁月》中写道，他接受我的采访只是出于“虚荣”，因为他想在我的“世界风云人物名录”中占据一席之地。他还在下一本书里写道，我对他态度恶劣，但对黎德寿③却异常友好。白痴！[61]

还从来没有人指责我写的内容有失真实，也没有人能够这么做，就算是那个想尽一切办法表达对我的厌恶的基辛格博士也不行。事实上，他从不敢称我在那次采访中编造了什么。包括关于牛仔的话。他只是说，接受我的采访是他做过的最愚蠢的事。(嗯……我觉得他还干过更糟的事。)[62]

我仍然认为对基辛格的采访是我所有采访当中最糟糕、最无趣的那个。其实牛仔是很讨人喜欢的人，他们是伟大的劳动者，一群有魅力的人。全世界都喜欢牛仔，有许多关于

---

① 基辛格曾形容自己：“我一向单独行动，美国人欣赏跨骑骏马、独自率领篷车队的牛仔，以及独自骑马入村或进城的牛仔，也许甚至不带枪，因为他不是来打枪的。这种浪漫的角色适合我。”

② 原文为英语。

③ 黎德寿（Le Duc Tho，1911—1990），前越南社会主义共和国和越南共产党领导人。

他们的文学作品和精彩纷呈的电影。如果没有牛仔，也许美国就不会如现在这般受人喜爱与尊重。如果美国的近代史里没有牛仔，那么这个国家除了对外政策之外，就没有什么值得一提的了。唉。[63]

第三部分

PARTE TERZA

×

爱与自由

×

AMORE E LIBERTÀ

命中注定的相遇

我无法从浪漫爱情的角度回想我与阿莱科斯的关系，回顾我们之间发生的一切。那也是一次智识层面和政治观点的碰撞，我更喜欢说那是一种精神和政治上的选择。我们有过相互认同，也有过磕磕绊绊，就像我说的，因为我们俩的思维模式一致，在各个方面都如此相同，包括对政治的看法。正因为如此，我们的相识相爱不可避免，也……十分复杂。而到最后，它又演变成了一场悲剧。[1]

一个男人和一个女人

阿莱科斯拥有一张比受难的耶稣还要痛苦、憔悴十倍的脸庞，他的脸看上去比他三十四岁的实际年龄要沧桑。他惨白的脸颊上已经有了些许深深的皱纹，黑色的头发间冒出了缕缕银丝，双眼如两泓忧郁的深潭。还是愤怒的？就算他面带笑容，你也很难相信他真的在笑，更何况他的笑是如此勉强而短暂，如同瞬间飞过的子弹。很快，他的双唇又会紧紧抿在一起，露出一副苦涩的神情，你很难在其中找到健康与年轻活力的踪迹。当人们第一次把阿莱科斯架上刑具时，他们说："接下来的一切会让你后悔来到这个世上。"他就再也找不回他的健康与青春。可你很快就能明白，他并没有后悔，不仅过去不曾后悔，将来也不会。你很快还能明白，他属于那样一类人，在他们看来，只要死得有价值，死亡也能成为一种活着的方式。不论是最残酷的折磨还是死亡的威胁，不论是宣布枪决后漫长等待的三个夜晚，还是与另两个人共同挤在一间仅有一点五平米的水泥牢房中的五年，他都没有屈服。[2]

一九七三年八月十九日，希腊总统乔治·帕帕多普洛斯赦免了所有政治犯，阿莱科斯终于被释放。几个小时之后，我们见面了。上头的人派遣我去采访他。我们的爱情像炸弹一样瞬间爆发。事实上，从那天起，直到一九七六年他被谋杀，我们从未分开。当他在雅典很快重新开始他的战斗时，我与他在一起；当我帮助他成功从希腊逃到意大利，并让他在那儿度过了一年的流亡生涯时，我与他在一起；当军政府独裁统治垮台，他回到希腊，并由社会民主党属性的中间派联盟推举为议会议员后，大部分时间我都与他在一起。但自从他回来的那一刻起，有一点就很明确，作为一个自由公民和议员的阿莱科斯，将如同之前为自由而战时一样为当权者所厌恶。对民主的信仰让他不会在屈从中安于现状，现在的他只是改变了斗争工具和方式而已。独立于左派、右派甚至自己所属的党派之外，现在的他随时准备高声呼喊，揭露那些肮脏的政治游戏和滥用职权的行为。[3]

该如何问候一位刚从坟墓般的地方走出来的人？该怎样同一个时代的象征对话？我十分清楚地记得，当时我一直紧张地咬着指甲。我记得，因为在那个八月二十三日星期四发生的一切我都记得。我踏上雅典的土地。尽管已经通知了他我的到来，我还是害怕见不到他。我在格利法扎地区寻找亚里斯多法诺斯街，寻找他的家：当出租车司机终于发现那栋小别墅时，他一边叫嚷，一边在胸前画着十字。那是个闷热的下午，我的衣服都湿漉漉地粘在身上，前来拜访的人群挤满了花园、露台和别墅的每个角落。众多的记者，此起彼伏的说话声，拥挤的人群，而拥有耶稣般脸庞的阿莱科斯，就坐在这场混乱的中央。

他神色疲惫，甚至可以说筋疲力尽。但当看见我时，他立刻像猫一般敏捷地跳了起来。他跑过来拥抱了我，仿佛我们早就相识。[4]

虽然我们从未相见，但我们都听说过对方。阿莱科斯一直说，我的文章、我的书在监狱中陪伴了他许多年，就如同我本人陪在他身边。刚开始我并不相信，但是后来他收到了在监狱时的个人物品：一双鞋、一条毯子、一包书和报纸。

他高兴地喊道："快看，快看！"然后从中抽出两本我的书、一本我文章的剪报册，还有一本意大利语语法书和一本希意字典，他在监狱里开始自学意大利语……在我的一篇意大利语文章边上，还有他关于"amare"（爱）这个动词变位的笔记。"Se io avessi amato, se tu avessi amato, se egli avesse amato…"（假如我爱过，假如你爱过，假如他爱过……）总之，他出狱的那天我们并不相识，却彼此认同。[5]

阿莱科斯带我走进一间屋子，里面有许多我的书的希腊语译本。除此之外，屋里还有一束红玫瑰。他委托去机场接我的那位朋友把玫瑰带到了机场，但因为没有在机场看见我，之后便拿了回来。我十分感动，生硬地向他表示了感谢。但是他能够理解这种生硬的语气，因为有一刹那，他眼中的忧郁消失不见，取而代之的是一闪而过的戏谑。就在这刹那间，你能觉察到柔情与愤怒的交织，以及背后那躁动不安的灵魂。我能读懂这个男人吗？

我几乎立刻被阿莱科斯那充满诱惑力的声音所吸引。他的嗓音很低沉，就像从喉咙里发出来的。这种嗓音最能说服众人。他用权威、冷静的语气与你说话：这种语气属于那类十分自信的人，他们不许别人反驳自己的话，对于自己所说的一切都十分肯定。他说起话来就像一位领袖。阿莱科斯一边说话，一边抽着烟。事实上，那个烟斗几乎就没离开过他的嘴。可以说，他的注意力都在那个烟斗上，而没有在你身上。这让他显得冷冰冰的，令人害怕。他的冷酷并非来源于近期遭受的身心折磨，而是与生俱来的，正因如此他才能战胜所遭受的一切磨难。同时他又是热情、殷切的。你会为此而迷惑，因为这就像经历了一个令人猝不及防的急转弯，就像摩托艇笔直地向前飞驰，却突然间掉头向来时的方向开去。冷酷在你面前支离破碎，化为丝丝温柔，像一个孩子的微笑般将你融化。比如他为你倒啤酒的方式；或者为某句话向你表示感谢时会碰一碰你的手。于是阿莱科斯的面部线条变了，他不再那么痛苦，而是无比柔和与纯真。他的长相并不英俊：眼睛小且形状奇怪；嘴大，嘴型的奇怪程度更甚于眼睛；下巴十分短小；最后，那些嘴唇、颧骨处的疤痕也破坏了他的相貌。然而很快，你又会觉得他似乎是美的，那是一种矛盾的荒诞之美，独立于他美好的灵魂之外。不，也许我从来都不曾了解他。从我和阿莱科斯第一次见面起，我就认为他是一口充满矛盾与意外的深井，自私与慷慨在他身上碰撞交融，这种不合乎常理的特点让他如同一个难解的谜。但他也是一个充满无限可能的人，价值远远高于其他政治人物。也许政治并不是他生命的全部，只是他天赋的一部分。如果他没有这么早被杀害，如果他没有再一次被投进监狱，可能有一天，我们能够听见人们因为别的什么事而谈论起他呢。

阿莱科斯没有被处死，因为他们不想让他成为英雄。可他依然是。因为有时候死亡比像他这样活下去容易得多。人们把他从一个监狱转移到另一个监狱，骗他说："行刑队在等着你呢。"他们还会进入他的牢房，大肆殴打他。连续十一个月，阿莱科斯二十四小时戴着手铐，这导致他的手腕受伤溃烂。人们会时不时地禁止他吸烟、阅读，不给他纸笔，不让他写诗。但阿莱科斯以鲜血为墨，将他的诗写在非常小的包装纸上。

以火柴为笔，
以滴血为墨，
再寻一卷被遗落的纱布包装为纸。
可是我该写点什么？
也许时间只允许我写下我的地址。
奇怪，墨竟已凝结。

我在希腊的监狱，

为你们写诗。[6]

阿莱科斯心中的英雄主义也许得益于他的诗人身份，或者我们可以说，他心中的英雄主义与他的诗人身份是相符的。[7]

阿莱科斯出狱后，我们就住到了一起，开始共同整理他的诗作。当把所有的诗都收集整理完后，我们又一起把它们从希腊语翻译成意大利语。（并不是因为我有多么精通希腊语，而是因为意大利语是我的母语。）翻译完成之后，我将它们结集出版。从选择《我在希腊的监狱里为你们写诗》为题，到大量的校对修改，我把这本书当成我自己的作品一样对待。

所以我说，这些诗歌从某些意义上来讲也是属于我的：如果阿莱科斯是它们的父亲，是它们的创造者，那我就是它们的乳母。我精心地对待这本书，就像乳母保护她喂养的婴儿，直到此书印刷出版。然后我把第一本印刷成册的书交给了阿莱科斯……我还记得那天我们在罗马，恰好是离婚法案全民公投的日子。这是进步人士取得胜利的一天，据投票结果显示，离婚法案以压倒性的优势获得通过。整个罗马成了旗帜的海洋，人们开车占据了城市的每一条街道，鸣笛庆祝着法案通过。可阿莱科斯却在我们的旅馆里睡觉。他刚结束了一场危险的秘密行程，从雅典返回罗马，紧张与疲惫使他筋疲力尽。我把书放在枕头上，就在他的头旁边，之后便再一次走出旅馆。因为我要去编辑部，为我所在的报社撰写一篇文章。当我回到旅馆，回到我们的房间后，我发现阿莱科斯还在睡觉，但怀中却抱着他的诗集，仿佛那不是一本书，而是他的孩子。[8]

为什么我说自己深爱着阿莱科斯？因为我允许他闯进我孤独的人生。比如说，如果床上有别人，我是睡不着觉的。而和阿莱科斯同睡一张床绝对是一种折磨，因为他会霸占整张床，把我一点一点地往外推，直到我忍不住叫喊："见鬼！这也是我的床！"还有两次我甚至从床上掉了下去。那两次我真的生气了，天啊，简直是怒不可遏！我想关灯的时候他要开灯，等我要开灯的时候他又想关灯；我觉得冷的时候他会掀开羊毛毯，而我觉得热的时候他偏偏又想盖上毯子。尽管如此，我还是与他睡在一处，因为我爱他。衡量一段爱情不应在两人做爱之时，而应在其后。当你想念独自一人的生活时，你会因为爱情放弃孤独。[9]

阿莱科斯总说："我们俩生来就是为了吵架！"高声的吵闹，永无休止的争执，双方都不曾有过退让。这正是因为我们太相似了。对于两个热爱自由、对个人自由有着坚定信仰的人来说，深切的爱情不啻于一种枷锁。而尽管两人崇尚自由，枷锁却没有断裂，这恰恰证明了他们之间的爱情是多么深切。[10]

尽管分居两地，也从来没有领过什么结婚证明，我们两人之间的关系依旧十分牢固可靠，远胜于许多人之间的婚姻关系。阿莱科斯希望我们之间的关系能够永久维持下去，我亦如此。我的家就是他的家，他的家也是我的家。我们两人的关系与普通婚姻关系唯一的区别就是给予彼此充分的自由，这正是我们两人性格所需要的。而且这段关系与家庭无关，它所涉及的仅我们两人而已。[11]

这个男人的一生中充满了矛盾，其中之一便是他能够拥有任何一个他想要的女人，可最终却偏偏为悲剧的人生选择了一个与性感毫不相干、身高一米五五、体重四十二公斤的假小子。当我问他除了性格之外，他究竟喜欢我哪一点时，他直言道："因为你像个男孩，一个小男孩。"[12]

一位英雄的陨落

亚历山德罗斯·帕纳古利斯死了，因为他探寻、并最终找到了真相。[13]

一九七五年夏天，阿莱科斯开始了自己生命里的最后一场战斗：调查希腊军政府秘密警察的相关档案，这些档案足以揭露某些当权者在一些事件中的过错及应当担负的责任。这是一场希腊版的水门事件，但他还是同以往一样独自行动。需要强调的是，这场持续数月的调查十分危险，并且完全由阿莱科斯独自面对。一九七六年初，他已经取得了大部分所需的文件。这沓让很多人焦虑不安的纸，足以把希腊那些最有权势的人送上耻辱柱。这些人不仅包括政府人员，甚至还有反对派和阿莱科斯所属党派的成员。于是阿莱科斯退出了原属党派，以无党派人士的身份留在了议会。这个时候，真正的问题出现了：怎样才能把这些文件公之于众。他试图将这些文件登在报纸上，却被人阻止。他还试图将这些文件以图书形式出版，也没有成功。最后他决定在议会的某次特别会议中，将文件交给国家总理卡拉曼利斯。但阿莱科斯错在对外宣布了自己的计划。他本该于五月三日星期一将文件交于卡拉曼利斯。但在周末，也就是五月一日星期五至星期六的那天凌晨，阿莱科斯在蓄意制造的交通事故中丧生。[14]

并不是第一次发生这样的事，阿莱科斯曾和我描述过那两辆车，它们会在他每天回家时跟踪尾随。有人不止一次想制造交通事故杀了阿莱科斯，或者说杀了我们，因为其中至少有三次我也坐在车上。这是很重要的一点，死亡的威胁像那些汽车般如影随形，而车前灯闪烁着恶毒的光直直照来，只为杀了阿莱科斯，杀了我们。所以当他告诉我每晚都有车尾随时，我立刻明白这是一件十分严重的事。当时我刚结束在阿默斯特学院的报告会回到纽约。阿默斯特位于马萨诸塞州，距离波士顿很近。从阿默斯特返回后，我给阿莱科斯打了通电话，他立刻将每晚有车尾随这件事告诉了我。其实他在几天前就隐约提过这件事，只不过当时我没有重视。我每天都会和阿莱科斯通电话，有时候甚至一天两次，而他听上去总是那么忧郁、不安。能从纽约直接给他打电话真是一件无比美妙的事。可最后一天时，我真的感觉他似乎有些害怕。害怕，对于阿莱科斯来说是一件不可思议的事、一个难以理解的词。但他的语气确实很令人担忧，让人心碎，于是我对他说，好吧，好吧，我马上去找你。我们原定五月五日见面，因为这通电话，我草草收拾了行李，直奔机场。可是当我到达希腊时，他已经死了。那些人在我乘飞机从纽约返回的时候杀了他。

妈妈当时病得很厉害，所以我先去了她那儿，告诉她说："妈妈，我要去阿莱科斯那儿，因为他状况不太好。"恰恰在那天，母亲比平时要精神一些。她坐在沙发上对我说，你怎么又要走，每次都这样，刚回来就走。这时，电话响了。第一个打电话来的人是律师，谁知道怎么会是他头一个打来。然后是安莎社的人，他说："他出了场事故……"因为不相信律师，我说道："不，别开玩笑了。昨晚我刚和他通过话，死的人可能是他弟弟。不，不，一定是弄错了。"我拒绝接受这件事。可电话又响了，"不，你们搞错了，死的是其他人，"我说，"不，不可能……"其实我知道他们说的都是真的，只不过不愿承认罢了。我立即打电话给安莎社："我是奥莉娅娜·法拉奇，这件事是真的吗？"电话里一片沉默。很久之后，一个女人说道："嗯，我知道他确实出了点事儿。"很显然她在和更了解事件真相的人商量什么。我挂了电话。行李还拿在手中，我把它们放在走廊里。电话再一次响起，这次是阿莱科斯最好的朋友。我对他说："我都知道了，这就过去。"刚离开的那辆出租车又被我叫了回来，因为想赶当晚的航班，我直接坐车去了罗马。[15]

等待死亡的托斯卡

在这场突如其来的死亡之后，我又经历了第二场死亡。去世的人是我那尚且不算年迈的母亲，癌症夺取了她的生命。这一次，我眼睁睁看着死亡慢慢走来，像坏了的水龙头：嗒……嗒……嗒……它逐渐逼近，却迟迟没有真正降临。但你知道，死亡终有一天会到来。你不希望它来临，尽管那也许意味着解脱……看着那个爱着你，同时你也爱着的人如同被钉在十字架上的耶稣般遭受痛苦，两只鼻孔中都插着氧气管以维持呼吸……她的声带已发不出任何声音，只能用双眼盯着你，试图告诉你说不出的那些话……然后你勉强拼凑出语句，问她：是这个吗？这个吗？还是这个？她的头缓缓移动，那是在告诉你，不，不，不是……你多么想绝望地嘶吼，因为你不明白。她哭泣、沉默，因为知道你不明白她的话……然后一天夜里，一切都结束了。她就像一只小鸟在雪地上死去，甚至还来不及发出一声哀鸣。上帝啊！[16]

在我深爱的那个男人死去之后，我开始着手写一本小说[①]，希望能理解这场悲剧。我回到位于托斯卡纳的家，把自己关在二楼的一间屋子里。这种感觉就像钻进一个暗无天日的隧洞，只能隐约看到尽头的一丝微光。其实房间只是一段极短的走廊，摆放着几个书架、一张小桌、一把椅子。房间光照很差，只有半扇对着橄榄园的窗户。橄榄园边有一棵梨树，恰好长在窗下，每当我抬头寻找阳光时就能看见它。我从不去花园，也不去泳池，甚至不和家里人交流。每天清晨起床后，我便坐到桌边，直至深夜。有时我将满意的稿纸一张张堆积起来，有时则会将它们丢弃。只有下楼看望母亲时，我才会稍停一会儿。那时她已卧病在床，如行将熄灭的残烛，一个叫作癌症的隐形恶魔正逐渐将她吞噬。我迈着一成不变的步伐，以一成不变的姿势走下楼梯，来到一楼。然后我穿过客厅，那里有一座巨大的钟，每过六十分钟都会敲响钟曲《威斯敏斯特》。我走进母亲的房间，她愤怒却也

① 即后文提到的《男子汉》。

只能认命地躺在床上：她美丽的脸庞越来越憔悴，手也变得尖瘦起来。“你还好吗？”“不好。”我们不怎么说话，好像害怕说出心中的想法：“现在你也要走了”，“现在我也要走了”。我和母亲在一起时往往有一系列固定的事要做，这是我从护工手上抢下的活儿，它们唯一的目的就是让我们之间的沉默不会显得那么尴尬：帮她换一个舒服些的姿势，调整枕头的位置，检查她赖以呼吸的氧气罐。这一套流程结束之后，她总会嘀咕一句相同的话：“你早晚会因为写这本书变成瞎子。”我开玩笑地回答说我会戴上眼镜，然后害羞地亲吻她的额头。之后我便重新穿过客厅，走上楼梯，回到那个几乎与世隔绝的地方。

在这个“隧洞”中，时间和空间失去了意义，历史亦不复存在。我谁也不见，不接任何电话，也从不读报：我的大脑像一块只能简单收缩、放松的肌肉，单单专注于写作这件事，我不知疲倦地工作，消耗、摧残着自己；它在为一个逝去的幽灵飞速运转，因为我希望能通过自己的记忆和想象重新赋予此幽灵以生命。在此期间，我听说毛泽东于北京寿终正寝，人们在天安门广场建造了陵墓专门用以存放其经过防腐处理的尸身；沙阿礼萨·巴列维在德黑兰遇到了不小的麻烦，因为毛拉[1]们将人群聚集在清真寺，准备反抗他的统治；索摩查政府在马那瓜的独裁统治命不久矣，桑地诺民族解放阵线领导下的革命运动正蓬勃发展；吉米·卡特当选为美国第三十九任总统。以往这些消息一定会点燃我心中的激情，催促着我赶往中国、伊朗、尼加拉瓜，或是回到纽约，那个我拥有一间办公室和一套房子的城市。然而现在这些消息就如沉闷的回声在我耳边轻轻掠过，已勾不起我的任何兴趣。我甚至忘记了时间的存在：只有客厅里那座大钟每六十分钟传来恼人的钟声，提醒着我日子的流逝；只有半扇窗下的那株梨树，告诉我季节的轮转。当我坐在桌边，看见梨树上结出颗颗鲜果时，一定是夏天；不久之后，树叶泛黄，秋天也就到了；再过些许时日，树叶落尽，梨树光秃秃地挺立在大雪中，我知道是冬天来了。一定是冬天，因为天气已经很冷，还时常下雨，人们谈论着过去的圣诞节，可是我却不确定是否庆祝过这个节日；后来又有人议论过去的新年，而我依旧记不起何时欢庆过新年的到来。也许是那一次？那一次我和母亲待在一起的时间比平时长一些，还帮她吃一块她无法咽下的点心。是那一次吗？

---

① 指伊斯兰教教士，对教职人员的敬称。

某个寒冷的夜晚，我照例下楼检查氧气罐，帮母亲调整枕头的位置，换一个不怎么难受的姿势，她动了动嘴唇，却发不出任何声音：那个看不见的魔鬼已经爬至她的声带。我满心恐惧，问她是不是想说“你早晚会因为写这本书变成瞎子”。母亲摇了摇头：不是。我又问了一串问题，想弄明白她到底要说什么：你渴了吗，你想去卫生间吗，你疼得受不了了？可每一次她都摇头：不，不，不是。很久之后护工才想到“神父”这个词，意识到原来她需要一名神父。神父来了，带着一手提箱的瓶瓶罐罐，里面装着圣水、圣油，还有别的一些所谓神圣的、能够治愈灵魂的液体。就像一个准备进行神秘驱魔仪式的巫师，神父穿上用金丝银线绣制花纹的黑色长巾，挥舞着十字架，口中念念有词，洒出那一堆神圣的液体，以帮助母亲洗清那些她从未犯下的罪过。然后他离开了，留下我与母亲两个人。母亲觉得自己经过圣水洗涤，已摆脱了那些从未存在的罪恶，所以整个人看上去轻松了许多，她指了指床边的扶手椅，我便坐了过去。我觉得自己的心都要碎了，整整六天六夜，我忘记了那个将我从她身边夺走的幽灵，忘记了那本书。母亲的死和所爱之人的死是完全无法相比较的：母亲孕育了你，十月怀胎赋予你生命，她的逝去意味着你的一部分提前离开了这个世界。你的肉就是她的肉，你的血也是她的血，你的躯体是她躯体的延伸：在她死去的一刹那，你身体的一部分，或者说你在这个世界上的“根”也随之死去。是的，尽管你与母亲之间的脐带已被剪断，但她仍是你的根。为了让母亲的死亡，也是我的死亡预兆晚一些到来，我一直不敢睡去。而为了保持清醒，我不停地说着，让母亲也无法入睡。我的受伤、我的遗憾、我的犹疑，这些负担沉重但亦弥足珍贵，因为它们本身就是生活。这些话我从未与母亲说过，未来也不会再和任何人说起。我还与她说，尽管有这些伤害、遗憾和犹疑，但我仍然热爱自己的生命，为能来到这个世界上而感到无比庆幸。我跪着感谢母亲，谢谢她给予我生命。甚至可以说：即使我的母亲未能做出什么仁慈慷慨之举，仅凭生下我这件事，就足以让我赞美她的一生。我希望我的感谢能够弥补我曾可能带给她的不快。为了告诉我她为此高兴、骄傲，母亲用力握住我的手指，瞪大她那浅褐色的眼睛望着我。后来，当父亲进来的时候，她又微笑着用食指指着我的父亲，或许母亲想告诉我，赋予我生命的还有他。

第七天的晚上，我已筋疲力尽，不知不觉睡了过去。突然，护工惊恐的喊声将我从梦中惊醒：“您醒醒，快醒醒啊！”母亲几乎没有呼吸了，她的双眼失去了焦距，变得没有任何神采。她走了，就在我的怀中，如同一只冻僵的小鸟。为了送母亲前往墓地，我终于走出家门，我发现周围的街道、人群并没有什么改变。可是这些没能勾起我任何兴趣，很快，我又回到了我的“隧洞”。如果说我之前的行为是自我流放，那么现在就可以称得上是监禁了。母亲去世之后，再也没有什么事能让我离开小桌，走下楼梯，穿过摆放着座钟的客厅，进入她的房间。家里人用钥匙锁上了那间屋子，任何人都不得入内，我更没有理由离开这间只有半扇朝着橄榄园的窗户的小屋了。当那个被我遗忘了六天六夜的幽灵再一次占据我生命的时候，当我的头脑又一次丧失其余一切功能、只专注于写书的时候，房间变成了牢笼。“牢笼”旁的梨树开出繁茂的白花，如一朵白云，一定是春天来了；树上又一次结出鲜果，又是一个夏天；树叶再一次泛黄，是另一个秋天；树叶落尽，梨树又光秃秃地挺立在大雪中，又一个冬天到了。后来春天来了，梨花又开成了一朵白云。时间匆匆溜走，很快就是第三个夏天、第三个秋天、第三个冬天。我对这个世界的记忆越来越远………

突然间，一束光照进我黑暗的“隧洞”，它穿透了我在自己和外界之间拉起的一道幕布。随着深爱的两个人先后离去，我亲手将这个世界埋葬。可这道光，勾起了我对世间的怀念。在我的记忆中，那是在梨花第三次绽放的时候，而我的小说也进入了尾声。[17]

重返希腊

我从未在阿莱科斯的忌日带花到他的墓前，每到五月一日，我都会寄三十七朵红玫瑰到希腊（他在三十七岁时被谋杀）：是的，我会这么做，但我从未亲手将花带到他的墓前。在佛罗伦萨，我的家族墓地里，我为阿莱科斯立了一块纪念墓碑，就立在未来要埋葬我的那个角落。但我从未见过他的坟墓，过去未见过，未来也不会去见。再说，就算亲眼看到了又有什么意义？阿莱科斯生前被同类摧残，死后亦被那些贪得无厌的人利用：他们甚至把他的样子印在短袖上，然后在一边写着“死在格利法扎的英雄”。现在，坟墓里埋葬的只不过是他那被榨尽最后一点价值的肉体，他的灵魂永存在我心中。[18]

* * *

我现在不能回希腊，因为母亲正在逐渐离我而去。在阿莱科斯去世的那一天，她的情况突然恶化。母亲十分喜欢阿莱科斯，他的死亡使她感到悲痛万分。阿莱科斯也同样喜欢母亲，甚至喊她“妈妈”“托斯卡妈妈”，他知道这个称呼会让母亲多么欢喜。那一天，母亲躺到床上之后就再也没能起来，直到离开这个世界。去世前一天，她对我说：“我要去找阿莱科斯了。”

况且我现在去希腊又有什么用呢？除了给阿莱科斯带去几朵鲜花，在他那又丑又简陋的墓前哭泣，我什么也做不了。

（一开始我亲自负责坟墓的建造，我甚至订购了专门的石材，想把墓地建成阿莱科斯喜欢的样子：就像加里波第[①]的坟墓一样，上面不要有任何十字架。但是当石料都准备妥当时，他们又跟我说：这些石头你就留着给自己建坟墓用吧……我想这一定是因为十字架。我不想在墓地里安放任何十字架，因为阿莱科斯真的很讨厌它们。）

---

① 指朱塞佩·加里波第（Giuseppe Garibaldi，1807—1882），意大利爱国志士，献身于意大利统一运动，死后葬于卡普雷拉岛。

另一方面，我在意大利有要紧的事：照顾临终的母亲。当母亲的病情不断恶化，癌症逐渐侵蚀她整个身体时，我就更不能离开她了。阿莱科斯逝世后的八个月里，我可以说是在母亲的房间里等待着她的死亡。母亲死去的那一刻对我来说是灾难性的，我不得不重复之前为阿莱科斯做过的一切：我给母亲穿上衣服，将她放进棺木，然后带她来到墓地，看着她被放进一个黑黝黝的洞穴……要知道，阿莱科斯与母亲是我生命中最重要的两个人。我越是回顾过去，就越觉得他们是我一生的挚爱。然而在短短八个月的时间里，他们两人先后离我而去。我还有一件事要说：母亲去世时，雅典居然没有任何人向我表示哀悼。一个都没有。也没有人送来鲜花。阿莱科斯的弟弟和母亲是认识我母亲的，他们在一九七五年的时候来过我托斯卡纳乡村的家，见到了她，还受到了我全家人的热情招待。

母亲逝世后，我自然想在五月一日回一趟希腊。可是后来我得知，中间派联盟和帕潘德里欧[1]的政党将负责组织阿莱科斯的逝世周年纪念。对此我十分愤慨。阿莱科斯从中间派联盟退出时满怀失望与愤懑，之后他以左翼无党派

① 安德烈亚斯·乔治乌·帕潘德里欧（Andreas Georgios Papandreau，1919—1996），希腊前总理，泛希腊社会主义运动创始人。

人士的身份留在了议会。至于帕潘德里欧，阿莱科斯对他充满了蔑视：他一直认为此人是希腊国内最危险的人物之一，从始至终都不曾看好他。我知道现在有人想推翻这段历史，并试图传播相反的言论。阿莱科斯一定会认为这样做很无耻，可惜他已离世，不能反驳这些人。他对帕潘德里欧十分厌恶，在议会时，就算帕潘德里欧从他面前经过，他也不会与其有任何交谈。这种厌恶从阿莱科斯走出监狱起就一直存在。

仅这些事就能写出一篇极长的文章。我什么都知道，因为阿莱科斯告诉了我一切，我也亲眼见证了一切。

那么，我该让中间派联盟和帕潘德里欧的政党利用我的名声吗？我该去参加阿莱科斯的逝世周年纪念仪式，让他们利用我为接下来的竞选造势吗？不，谢谢，我不会这么做的。否则我会觉得背叛了我的尊严、阿莱科斯的尊严。当我想去阿莱科斯的墓地，为他献上一束花时，我会按我一贯的风格，悄悄地去，不让任何人知道。这一天不会是五月一日。五月一日我要用自己的方式来缅怀阿莱科斯。我会把花送到佛罗伦萨乡村的家，或者那里的小教堂。现在我还会去那里住，一切还是他离开时的样子。他的拖鞋、他的贴身衣裤，他在圣诞节、复活节和我生日时为我写的诗。从一九七三年起，包括圣诞节在内的所有节日，阿莱科斯都是在这儿与我及我的家人一起度过的。把所有的日子加起来，他在这里一共生活了几个月的时间。相比起雅典，这里有他更多的痕迹。雅典的墓地里只有他的遗骸，以及我那枚戴在他左手小指上的戒指；在雅典，我们那间位于科洛科特罗尼街的房间也不复存在。房间里的所有东西都在我毫不知情的情况下被清扫一空。我不知道现在谁住在那套公寓里。这样也好。

再者，死者根本不需要这些纪念仪式，需要它们的是那些活着的人。确切地说，是那些如豺狼般的恶人。要告诉整个世界谁是阿莱科斯、他是怎么死的，举办一场有政治目的的纪念仪式根本没有任何意义。真正有意义的是我所做的一切。我做了什么？你们会知道的。

向迦乌涅里斯提供的证词

几个月来，我一直向律师们提出申请，请求与负责调查阿莱科斯死亡事件的法官见面，接受他的询问。但直到八九月份，我才收到通知。与迦乌涅里斯连续聊了十一个半小时后，他忍不住问我："您为什么不早点来找我?！"我回答说："那您怎么不早些让我来呢?！这几个月我一直在和阿莱科斯家的律师们说这件事，一直在等您的传唤。"迦乌涅里斯道："直到昨天律师们才告诉我您要来雅典，能够接受我的询问。"我十分震惊，接着问道："难道您之前没有想过要找我吗？"迦乌涅里斯回答："我从一开始就想找您。但阿莱科斯的家人们说我不应该传唤您，因为您什么都不知道。他们说您根本不认识阿莱科斯，或者说与他相交甚浅。"我对迦乌涅里斯说："全希腊都知道我是阿莱科斯的女人。一九七三年十月我们一起离开希腊，他流亡时我们在一起生活，之后也一直在一起。任何一份报纸都知道这件事。难道您不读报吗？"迦乌涅里斯说："是阿莱科斯的家人跟我说的，说您什么都不知道，因为你们并不熟。"我认为法院并没有把我完整的证词提供给各大报社，因为其中被删减的部分恰恰是证词中最关键的内容，我不相信报社会这么做。如果他们得到这部分证词，绝对会在上面大做文章。取证结束时，迦乌涅里斯对我说："您的证词是我听到的所有证词里最重要的。您知道的比阿莱科斯的家人多得多。现在我相信他绝对不是死于一场单纯的交通事故。我相信他是被谋杀的。可是他为什么晚上不带保镖就独自出门呢?!"

这次我又见到了阿莱科斯的弟弟。他来机场接我，然后一直跟在我身边。摄影师们对这点应该很清楚。回到雅典后，我们又在一个体育场相遇。当时那里正在举办一场反法西斯斗争的纪念仪式，我去见阿莱科斯的一位老朋友。但不知为何，阿莱科斯的弟弟对这位先生极尽辱骂，还说我是阿维罗夫和安德烈奥蒂的朋友[①]。我觉得他此种行为十分反常，为此倍感痛苦。于是我起身，坐到了给我留下不错印象的伊里亚斯·厄琉身边。从那天起，我再也不想见任何人了。

我的不情愿

你们需要理解我的不情愿。它只是单纯的不愿，无关傲慢，却事关尊严。我要维护我姓氏的名誉，它是如此珍贵，连对手也对它心怀敬意。这份珍贵不仅源于我作为一个作家、记者的名望，还因为“法拉奇”是一个颇有政治威望的家族。家族成员在抵抗运动中表现十分英勇，比如我父亲就是运动的领导人之一。他被敌人逮捕、折磨，直至判处死刑，就像阿莱科斯那样，因此阿莱科斯也十分敬爱他。所以那些不值得我、不值得大家尊重的人，我怎能混迹其中。而且我对他们也不感兴趣。

我很高兴，也很骄傲我的名望能够帮得上阿莱科斯，尤

---

① 前者应指埃万耶洛斯·阿维罗夫－托西察斯，希腊新民主党议员；后者指朱利奥·安德烈奥蒂，天主教民主党成员，七次就任意大利总理。两者均属右派政党。

其是从他出狱到希腊军政府垮台那段时间。我知道阿莱科斯的家族也正是因为这一点才接受了我：因为我声名在外、备受尊重，所以我出现在阿莱科斯身边时，从很多方面来说都是对他的一种支持与保护。可现在阿莱科斯已经离开这个世界，我看不出有什么必要为那些与我无关的人做广告。他们除了与阿莱科斯拥有一样的姓氏外一无是处。我并不是什么慈善机构，尤其对方还配不上我的善行。

我不是一个喜欢出风头的人，相反，我更希望能够保护自己。这也是我在上一次选举（一九七六年）中拒绝竞选参议员的原因之一。我本应作为无党派人士出现在由社会党提交的参议员候选人名单中。一开始我是愿意的，我知道凭借我的名声一定能够当选。虽然十分希望在意大利议会继续进行阿莱科斯在希腊议会中未竟的事业，但考虑到有人想要利用我的名望，我还是生生止住了脚步。

关于成功

我从未想过要功成名就，是成功找上我，并专横野蛮地将我占据。十年还是十五年前，当成功来临时，我甚至没有注意到。在很长一段时间里，我一直认为没有人知道我是谁，然而当时我的书已经卖得很好，我的文章也拥有了许多读者。当我通过几次成功得知自己声名远播，已经是从越南归来以后的事了。首先是那本关于越南战争的书，然后是一九六八年和一九六九年几次对国家首脑的采访。不管我去到一个多么遥远、多么陌生的国度，都会有记者赶来采访我。被我采访的人表现出的尊敬让我惊讶，他们还流露出对我的恐惧，这让我十分生气。直到这时，我才意识到我已经成了人们口中的“那个法拉奇”。说出来你们也许不信，但我确实不喜欢这样，甚至还为此倍感苦闷，因为我终究还是踏入了那个一直为我所敌视的“名利场”。

我觉得所谓名声与成功中总蕴含着一些庸俗的东西。伊丽莎白·泰勒[1]曾经说过一句颇富智慧的话：成功就像除臭剂，它能抹去你身上所有不好的味道。可我并没有什么不好的味道需要消除。我的生活不管从个人还是职业角度来说都无可指摘，我也没做过什么让自己羞愧不堪，需要遮遮掩掩的事。感谢上帝，直到现在我依然能够这么说。几天前，我还和一个朋友聊天：“如果有人告诉我，说我明天就要死了，我连一张需要烧掉的纸都没有。因为我没什么需要掩盖的。”所以即使从这个角度来说，成功对我也毫无用处：它就像盛

① 伊丽莎白·泰勒（Elizabeth Taylor，1932—2011），美国好莱坞传奇女星，代表作品有电影《埃及艳后》。

宴之后的一道甜点，不仅累赘，事实上还难以消化。当你成功了，有了名望，你就不再属于自己。每个人都会用不同的方式盯着你，觉得有权知道你的一切。你变成了一只动物园里的动物，暴露在大众面前，他们只要买上一张票，就可以随意靠近你的笼子。也许连票都不需要。在火车上，人们能认出你；在餐厅里，他们都围上来看着你。这太可怕了。而且正如我开头说的那样，这很庸俗。

我一直在抵制那样的成功、那样的名声。所以我很少接受采访，一直过着一种半隐居的生活。我从不赴宴、从不参加聚会，也不去剧院，不和任何人往来。所以那些说“我认识她”的人，多半是在撒谎。我不认识任何人，或者说认识的人寥寥无几。我是一个非常不善交际、难以相处又格外挑剔的人。随着成功的到来，这些特点愈演愈烈，只为让那些围上来的人知难而退。我讨厌轻浮，但当你成名之后，那些蜂拥而上的人往往都带着轻浮之气。为了反对轻浮，我有时表现得过于严肃、过于乖僻，以至于经常得罪他人，给他们留下不好的印象。

令人们讨厌的并非我的外表，而是我骨子中散发出的孤独。人们能够从我身上感知到一种不需要任何人的孤独，以及对自我的坚信。假如一个人没有自信，不能满足自身需要，那他就体会不到孤独的快乐。

关于阿莱科斯和我的孤独

阿莱科斯也是一个享受孤独的人，我们的相遇是两个孤独个体的碰撞。当然，我说的是灵魂的孤独。我和阿莱科斯因此情同兄弟，我们爱情的伟大之处也在于此：我们是兄弟、同伴。我的意思是说，我与阿莱科斯的爱情并不是那种局限于床帏之事的男欢女爱，我们作为彼此的朋友、兄弟、同伴而相爱。一九七五年，我接受了一次长时间的采访，记者问我在所爱的男人身上寻求什么。我回答："兄弟之情。"记者继而指向阿莱科斯："那么帕纳古利斯对您来说意味着什么？""我的兄弟。"几天之后，我碰到刚从德国归来的阿莱科斯，他告诉我说，有记者问他我对于他来说意味着什么。他的回答是："我的兄弟。"不是姐妹，而是兄弟。阿莱科斯大笑："那我们算不算是乱伦！"可不是么。我们是如此不同，却又如此相似。

比如说，我们两人都无比迷恋自由。当然，不仅是政治自由，还有个体自由。然而没有什么比爱情更能威胁到个体自由。所以一开始，我们都非常害怕彼此的爱。他把我们的爱情叫作绊脚石，而我则称其为锁链。但真正扼杀个体自由的其实是婚姻。所以我们对于婚姻的厌恶反而帮助我们克服了对于爱情这个绊脚石与锁链的恐惧。有人说，当一个男人和一个女人住到一起时，他们便丧失了个体自由，与结婚无异。并不是这样的。两人虽然在一起生活，但他们知道自己这么做并非迫不得已，知道自己的行为不受法律、教会，或是契约的束缚，这种认知完全能够拯救两人之间的关系。如果两个相爱的人分居两地就更好了。阿莱科斯流亡到意大利后，我们就一直住在一起。在佛罗伦萨，我们还有一套自己的公寓。后来他回到了希腊，我们就开始异地而居。一切都变得更加美好，因为一切都变得更自由了。我经常去雅典，但阿莱科斯来意大利的次数更多。我们从未分开超过二十天。然后当我们再次相见时，那种幸福与喜悦仿佛成倍地增长。

在希腊风云变幻的那段日子里，我与阿莱科斯从未如大多数人那样随波逐流。因为如果革命不能给个体和日常生活带来任何变化，那么做一名革命者，或是天天喊着革命的口号就毫无用处。我与阿莱科斯所指的革命并不是街头内战，也不是通过强制性的征用和把人送上断头台来让整个社会获得些许改变。我与阿莱科斯所指的革命应发自每个人的内心，关乎人们的行为、理念，是对千百年来强加给我们的思想统治的拒绝和反抗。在这场革命中，一切都焕然一新，包括爱情。为什么爱情必须是绊脚石或锁链？为什么它一定要阻止一个人听从自己内心的欲望与冲动？我对阿莱科斯绝对忠诚，在精神上也从未背叛过他。在他死亡之后亦是如此。事实上，我从未有过另找他人的想法。不过我这么做并非认为这是我的义务，我只是听从了内心的欲望与冲动罢了。假如我内心的冲动指引我走向另一个男人，无论这冲动是一周还是一天，我一定会在第一时间告诉阿莱科斯。我们之间从不存在什么秘密。

我与阿莱科斯之间的这种关系，正是人们所不能理解的，尤其在你们所处的那种社会环境中。我们的爱是完整的，我们对彼此的理解是不同寻常的。比如说我从未因阿莱科斯产生肉体层面的嫉妒，当他对我表现出这种情绪时，我会非常生气。如果有人爱慕他、渴望他，我会觉得很有趣、很自豪。我感谢每一位当我不能陪伴在阿莱科斯身边时，给他带去哪怕是片刻欢愉和喜悦的人。他从生活中得到的太少，也几乎没有什么时间品味生活，阿莱科斯还活着时我就明白了这一点。“不要牺牲太多，”我对他说，“你已经在监狱里耗费了五年时光，快改变你那些落后的想法！跟上生活的节奏，该消遣时就去消遣！”但他摇头说：“我要工作。”他只在晚饭时间允许自己放松一下。真是可惜！

关于他人的嫉妒

那些伟大的、永恒的、与众不同的爱情，注定会引起他人的羡慕与嫉妒。人们尤其眼馋他们无法理解的事物，当然，还有那些别人拥有、自己却没有的东西。我与阿莱科斯的爱情自然也逃脱不了这个规律。我们相识于他出狱后的第二天，从那一刻起，直到他离开这个世界，爱情将我们紧紧相连。而这场爱情，也成了我在希腊受到某种仇视的根本原因。这种仇视并非来自于大众，这一点我得说清楚。大众爱我、理解我。他们拥有一种神秘的直觉，近乎于动物的本能，让他们总能明白周遭的一切。我从葬礼上和过去的十二个月里收到的信件、卡片、诗歌里看到了这一点。当我提到嫉妒时，指的是雅典的一小群人：他们多多少少与阿莱科斯有着密切的关系，因而总觉得自己损失了什么。还有一个不容忽视的事实，我是个外国人。一个与他们说不同语言、不遵行他们的习俗、不喜欢他们的食物，或许还对他们态度冷淡的外人：有些骄傲，或者说傲慢，而且在方方面面都那么的不同。一个奇怪的人。不过我倒是可以理解他们的想法。想象一下，假如一个瑞典人，一个北欧的居民突然来到西西里岛，拿走了岛上的宝石并据为己有很多年。不管是谁占有了宝石，或者被认为占有了宝石，岛上的人都会生气的，不是吗？他们会讨厌这个偷走东西的瑞典人，这个北方佬。

我必须诚实地说，对于那些如今嫉妒我的人，我从来没有热情过。但这并不全是我的性格所致：是阿莱科斯告诉我不必对他周围的人太过热情，否则他们定会对此加以利用。他不停告诫我："不要相信任何人。就算他们说是我的朋友也不要相信。我没有朋友。"即使是为了满足阿莱科斯的要求，与那些人保持疏远对我来说也并不困难。因为我与他们毫无共同之处。我不怎么喜欢他们，也不怎么尊敬他们。总有一群溜须拍马之人围绕在阿莱科斯身旁，向他表现自己的无限忠诚。但除了个别情况，我从未相信过这种忠诚，而即使在那些个别情况下，它也是一种源于妄想的忠诚。他们爱的只是阿莱科斯的名望，并非他本人。他们无法做到真正爱阿莱科斯，因为他们根本不懂他。爱，也意味着理解。

关于阿莱科斯家人的行为举止

我曾经在报纸上发表声明说，评判一个行为，必须考虑到行为主体的文化和受教育程度。我想这句话足以说明我的态度。诚然，我也说过，就算我们之间的文化不同、受教育程度不同，我也应该去原谅他们的所作所为。可我不知该如何原谅，甚至很难理解。如果无法理解，自然做不到宽恕，更何况这当中也没有什么值得我去理解的。

若非受到逼迫，我是不怎么愿意发声的。如果一定要逼我说，那会是一件可怕的事：因为我有太多事可说了。可这些事也许会有损关于阿莱科斯的回忆，所以对于那些不配拥有其姓氏的人，我只是冷眼旁观。

我看见过一个令人惊讶的公告，上面说我之所以谈论阿莱科斯是为了宣传自己。这些人真是讨厌、无知、可怜。像我这样的女人总是需要保护自己，避免引起公众注意，所以自然无须靠谈论一个逝去之人来提升存在感。人们过于轻易地忘记了我到底是谁：我可以称得上是一个闻名世界的女人，而且我认识阿莱科斯时成名已久。与阿莱科斯在一起的三年对我的声誉没有任何助益，首先是因为我们两人都十分不喜交际，不愿成为政坛的伊丽莎白·泰勒和理查德·伯顿[①]。我们十分注重隐私，喜欢独处一隅；也知晓自己会给外界带来什么样的影响（我指的当然是那些听说过阿莱科斯的地方：希腊、意大利和部分欧洲国家）。其次，这三年里我把自己的工作排到了第二位，因此几乎淡出了公众的视野。

① 理查德·伯顿（Richard Burton，1925—1984），英国戏剧、电影演员，好莱坞 60 年代最炙手可热的明星。拍摄电影《埃及艳后》时与女主角伊丽莎白·泰勒恋爱并结婚。

阿莱科斯在意大利流亡的那段时间，我一直陪着他，没有再旅行，也不再写重要的新闻报道。因为阿莱科斯无法获得美国签证，我甚至忘记了我在纽约还有房子和办公室。他回到希腊后，我还是保持着近乎退隐的生活，以便能够随时接受阿莱科斯的吩咐。他无法容忍到意大利后却见不到我。当他说“我明天到”时，我就得在那儿等着他；当他说“快来啊！你什么时候才来？”的时候，我就得赶快去找他。在这种情况下，像我这样的工作是无法继续的。所以这三年不论从职业还是名望角度来说，都对我没有任何助益。

我去雅典的时候，不会让任何人知道，也不会去见任何人，包括住在那里的少数几个朋友，比如卡内洛普洛斯①、梅莲娜·梅尔库丽②和几个意大利好友。我从机场直接去科洛科特罗尼街上的住所，它完全是我们在佛罗伦萨屋子的小型翻版，只有晚上我才会和阿莱科斯出门。我总和阿莱科斯待在一起，就没有时间留给别的人、别的事。如果有记者找我，比方说想采访我，我通常都是拒绝的。假如有几次我同意见他，那也是阿莱科斯坚持的结果。我就像戴着墨镜的葛

---

① 帕纳约蒂斯·卡内洛普洛斯（Panagiotis Kanellopoulos，1902—1986），希腊作家、政治家，1945 年任希腊临时政府首脑。

② 梅莲娜·梅尔库丽（Melina Mercouri，1920—1994），希腊女演员、政治家，代表作品有电影《痴汉娇娃》。

丽泰·嘉宝[1]，极力躲避众人的目光。我不愿影响他的政治声望，也不想因我的个性夺取本该属于他的光环。（所以我更愿意他来找我。在意大利，我能更自由地做我自己。有时阿莱科斯会抱怨："怎么总是我去找你！你从不过来看我！"）

阿莱科斯去世后，我迅速赶到雅典，这是众所周知的。人们只拍到过两次我的照片：一次是在停尸房，他们爬到窗户上拍摄我（直到我察觉此事，走过去关上窗户），然后就是在葬礼上。从阿莱科斯去世到他葬礼的五天时间里，我一直把自己关在我们位于科洛科特罗尼街的屋子里。我想强调一下，那间屋子是"我们在雅典的家"，阿莱科斯则称其为"我们在雅典的温馨小屋"。这里的一切都能勾起有关他的回忆、有关我们的回忆。甚至包括那些我们从佛罗伦萨带来的家具：其中一些是我或者阿莱科斯买的，还有一些则是从佛罗伦萨的公寓或乡下的房子运过来的。还有挂在墙上的画、床上的毯子，以及一些小摆设也都是这么来的。我当时几乎疯狂地往雅典寄这些东西。所以那些天待在那间屋子里，就如同与阿莱科斯待在一起。我们在那个房间里再次相遇。

在那几天里，我什么都没做：没见过记者，也没发表过

---

① 葛丽泰·嘉宝（Greta Garbo，1905—1990），瑞典籍好莱坞女演员，代表作品有电影《茶花女》《安娜·卡列尼娜》。

声明。一天，阿莱科斯的弟弟希望我能够召开一场新闻发布会，许多记者在找我，他们已经在附近的办公室里等了好几个小时。可我拒绝了。他们又请求能否至少让他们拍张照片，我也拒绝了。所有声明都由阿莱科斯的家人发布。我只在发表讣告时出过那间屋子，讣告上写的是“一九六八年，亚历山德罗斯·帕纳古利斯因追寻自由被判处死刑；一九七六年，亚历山德罗斯·帕纳古利斯因寻找、发现真相而离开人世”。讣告结尾的署名为“EDYN”。但写讣告的人并不是EDYN，而是我。是我构思、撰写并安排发表了这篇讣告，可到了最后一刻，阿莱科斯的朋友们希望我署名“EDYN”。我照做了，并不是因为他们，而是为了阿莱科斯。

再次出门已经是葬礼那天的早上，我和阿莱科斯的母亲及叔叔耶拉西莫斯要先去停尸房为阿莱科斯穿衣。他的弟弟没有跟随我们一同前往。我们给阿莱科斯穿好衣服，然后举行了交换戒指的仪式。关于这枚戒指，有一段很感人的过往。一九七三年秋天，我和阿莱科斯交换了戒指。他送给我的戒指镶嵌了多颗钻石，十分漂亮。相比之下，我送给他的那枚就十分寒酸了：不过这正是阿莱科斯要求的。一开始他甚至想要一枚铁制的戒指，可是没有铁戒指，于是我只能给他买了枚银戒。我弄错了尺寸，阿莱科斯被这枚戒指逗乐了，并把它戴在了小指上，然而他的手指微胖，戴在小指上也有些紧。从那天起，阿莱科斯就再也没有把戒指从手上摘下过。照片上的阿莱科斯小指上永远戴着那枚银戒，他说："就算是你问我要这枚戒指，我也不会给。因为我可不愿意。"他死后，那枚银戒被人摘了下来。我请求阿莱科斯的母亲把戒指还给我，她同意了。我想戴上这枚银戒，然后把我的钻石戒指留给阿莱科斯：这是死亡降临之后继续履行的婚约。但是我在停尸房里只顾得上绝望地哭泣，以致错把银戒留在了他的身边。所以我们不得不再次打开阿莱科斯的棺木，更换戒指。有时候我会想，当时那个错误也许只是我潜意识里我的一个借口，为了能够再次触摸我心爱的男人。我把阿莱科斯送给我的钻戒戴到他的手指上，还在他外套的口袋里放了两张我的照片和一张他过去某天写给我的纸条："我现在爱你，也将永远爱你。"我做这一切时，阿莱科斯的母亲就在一旁。后来我也一直陪伴在她身边：我们一起走进教堂，一起前往墓地。

葬礼后的第二天我就离开了希腊。也有可能是两天之后？总之我带走的东西很少：一件衬衣、两条领带、三个烟斗；一块我一九七三年送给他的已经坏掉的手表；一个拥有我们共同回忆的杯子；还有一张我亲手制作的毯子，是我送给阿莱科斯的礼物，纪念他参选议会议员，他称之为“查理·布朗[1]的毯子”。还有一些他的遗物，我送给了在我看来爱他的朋友。剩下的东西我全都留下了。我写信给阿莱科斯的家人，告诉他们可以拿走所有的东西，但是有三样对我来说十分珍贵的东西要请他们寄给我：一截树干，我曾用它来摆阿莱科斯送给我的花；一个坏掉的手提箱，那是阿莱科斯在西班牙买来送给我的，上面那把坏掉的锁曾给我们带来不少乐趣；一幅不大的画，上面画着一艘船，是阿莱科斯某个画家表亲给我的礼物。可我从未收到任何东西。当我第一次回到那所房子时，我发现他们已经把锁换掉了；第二次回去时，里面的东西全被他们搬走了。可他们事前什么都没有告诉我。

若不是迫不得已，我是不愿提及这些事情的。

关于那些资料

那些资料被保存在国外某个安全的地方，如果我发生了什么意外，它们就会被一张不落地公之于众。所以某些人最好还是不要来打我的主意。但这件事与他人无关，只有我本

---

① 漫画形象史努比的主人，最大的优点就是坚持，从不放弃，曾因各种原因向自己的好友莱纳斯赠送毯子。

人出事后，我或者受我委托的人才会对外公布这些资料。我是阿莱科斯的女人，过去是、现在也是。我不会向任何人解释我现在，或者将来会为阿莱科斯做些什么，我只对自己的良心负责。我不着急，而且我不想帮助那些有政治野心的人，让他们利用阿莱科斯的名望为自己牟利。他不属于任何党派或者个人，他属于历史。所以我现在和未来所做的也是为了历史。如果有人非要介入、干涉，任何人，那么他们面对的会是一只凶猛无情的老虎。所以不要聒噪、不要蠢蠢欲动是最为明智的选择。我早就说过我不是一个软弱的人，脾气也糟糕透顶。我为了尊严而保持沉默，但千万不要以为这是软弱的表现，否则不论是谁，就会有可能为此付出昂贵的代价。

关于我在美国与阿莱科斯相关的言论

在希腊，人们好像没有弄明白一件事：阿莱科斯在希腊确实很有名，但在其他国家却并非如此，包括意大利。在德国、瑞典、英国，人们对他有一定了解。不，只能说对他了解得相当有限。在其他国家，很遗憾，人们根本不知道他是谁。（其实在阿莱科斯出狱之前，希腊人对他的了解程度还比不上意大利人，因为希腊的报纸上关于他的消息很少，而且总是负面新闻。）比如说，在美国就没人知道谁是阿莱科斯。这很糟糕，因为毕竟美国左右着世界舆论的走向。再加上美联社、合众国际社等通讯社的地位和影响，美国可谓掌控着整个国际新闻界。美国忽略阿莱科斯的存在，这一直是我心中的痛。尽管约翰逊[①]和吴丹[②]都在他被判死刑之时出手相助，但在他去世之前，阿莱科斯的名字仅在美国舆论界出现过一次：当时我发表了一封致基辛格的公开信，因为美国国务院拒绝给阿莱科斯发放签证。我的文章总能在美国引起关注。借着那次机会，我也开始在电视节目中谈论阿莱科斯。

阿莱科斯的名字再次出现在美国人的视野中是在他被谋杀之后。只有《纽约时报》进行了报道，而且很自然地与我的名字联系在了一起。在那篇文章赋予他的众多定义中，有一个是“奥莉娅娜·法拉奇颇具魅力的情人”。对此我十分愤怒。阿莱科斯死后我不愿再去美国。四月三十日，星期五，与阿莱科斯打最后一通电话时我在纽约。去那里是因为我要在阿默斯特学院举行一场主题为“欧洲新闻业与政治意

① 林登·贝恩斯·约翰逊（Lyndon Baines Johnson，1908—1973），1963 年任美国第 36 届总统。

② 吴丹（U Thant，1909—1974），1961 年至 1971 年任联合国第三任秘书长。

识”的报告会。按原定计划，我会在五月四日或五日回到意大利，与阿莱科斯在罗马碰面，然后一起前往我们在佛罗伦萨的家。

再次回到美国时，我决心要向美国人讲述阿莱科斯是谁。这件事情我已经计划了十个月。既然他们没有在阿莱科斯活着的时候认识他，那么至少让他们在阿莱科斯死后了解他吧。唯一的办法就是利用我的名望。那些荒谬地指责我在美国谈论阿莱科斯以宣传自己的人，他们不明白，谁会借由一个默默无名之人来赚取名声呢。事实与他们所说的恰恰相反：是阿莱科斯借由我的名声得到了宣传。多亏了我的名声，我可以向大众谈论阿莱科斯：谈论他死亡的原因，甚至提出指控。在广播里、在许多城市的电视节目中、在报纸上、在大学内，我在每一个地方利用每一种方式谈论阿莱科斯。自然我也向大家解释了，我之所以知道这些关于阿莱科斯的事，是因为他是我的爱人。我对自己所做的一切倍感自豪，现在很多美国人都知道帕纳古利斯是谁。

我的书在美国销量很好，尤其是最近这本《给一个未出生孩子的信》（*Lettera a un bambino mainato*，1975）。不过有些记者始终不明白，这本书里的故事只是文学虚构与创作。因为书里的女性既没有名字，也没有特定的形象（我之所以这么做，是希望每个女人都能把自己带入到这个故事里)，某些记者认为我就是书里的那个女人。他们相信我就是她，那个未能来到世界上的孩子就是我的孩子（如此愚蠢，故事里的女人最后死了，可我还活着)。于是那些好事之徒开始猜测孩子的父亲是谁。有些记者觉得书中孩子的父亲是阿莱科斯，其中一位甚至认为这是我的意思。

这件事本身没有使我心烦，真正让我生气的是，一次文学创作、一部文学作品居然被当成了普通的个人历史。作家有权利、有义务虚构故事，或者在现实的基础上进行再创作，这正是其与记者之间的区别。不幸的是，这样的事常常发生在女性作家身上。如果我是个男性作家，想必就不会有上面那些糟心的事了。

现在让我们假设一下，那个愚蠢的美国记者猜中了事实，我确实失去了和阿莱科斯的孩子。就算这件事真的发生了，又有什么特别的呢？一般来说，一个男人和一个女人相爱三年，他们迟早会拥有或者不幸失去一个孩子，这是再正常不过的事了。

关于名誉博士学位

在过去痛苦的一年中，这是我生命中闪过的唯一一道光，也是唯一一件能让我会心微笑，甚至开怀大笑的事。当时我正在给父亲做炖肉（阿莱科斯与父亲一样喜欢炖肉，所以经常让我给他做炖牛肉和炖兔肉），然后我想起一周前曾收到一封芝加哥哥伦比亚学院寄来的信。我有个可怕的坏习惯：从不记得拆信。阿莱科斯经常因为此事与我生气。每次看见一包包未拆信件时，他就会对我喊："看你干的好事！"然后他会把信拆开，告诉我上面都说了些什么。想起那封信，想起阿莱科斯总抱怨我不拆信的坏毛病，我终于拆开了信。结果我把炖肉烧煳了。因为我开始笑，不停地笑，仿佛一整年都没有笑过。父亲正在花园里给芍药花浇水，我对他喊道："我是博士啦。"父亲也跟着笑了起来，因为我从不愿成为两种人：结了婚的女人和拥有学位的女人。我曾说过我不相信婚姻，但我也同样不相信所谓学位。任何傻瓜都能获得博士学位。我就认识这样一个人，他靠推荐信在意大利取得了博士学位，可他写意大利语时甚至会有拼写错误。

笑着笑着，我和父亲一起停了下来。我开始想：你得到推荐，或是努力用塞满脑袋的知识通过考试，以这两种方式拥有学位是一回事；作为对你所做工作的奖赏和认可而授予的学位，那又是另外一回事。我的意思是，在第二种情况下，获得学位与否并不是由考试说了算，而要看你一生所做的工作：所有你写过的文章、出版的书、做过的报告会、采取的立场。我又读了一遍校长的来信，发现我不仅是一名博士，还是一名艺术与文学双学位博士。芝加哥哥伦比亚学院一致同意授予我此学位：也就是说，在学校的投票中，所有参与师生都投了赞成票。后来我又发现，哥伦比亚学院，这所全美最重要的大学之一，竟是第一次授予一名外国公民荣誉博士学位。几十年以来，只有美国公民获过该校授予的荣誉博士学位。我也是少数几位获得此殊荣的女性（两三位）之一，还是唯一一个青年获得者。这让我十分高兴。然后我想到妈妈和阿莱科斯永远不会知道这件事，永远无法与我一同开怀大笑，喊我“法拉奇博士”，为此我又痛哭了一整晚。[19]

婚姻无用

我们一直以来接受的教育告诉我们，婚姻关系应该是持久的。但我们知道事实并非如此。那你为什么要走到神父或者市长面前[①]，让他们束缚起你的一生呢？幸好有离婚。可是既然要离婚，结婚还有什么必要？但从辩证的角度来看，离婚恰恰让人们对婚姻关系更为重视：它的存在增强了婚姻的权威性。如果一个人决定结婚，就说明了他对婚姻关系持久性的期待与认可。我可不相信这种关系能持久，所以我宁愿离婚，也不愿结婚。[20]

我不像某些顽固的独身主义者，出于自私或胆怯而拒绝结

① 意大利的婚礼分为宗教婚礼和世俗婚礼，见证人分别为神父和市长。

婚。阿尔伯托·索迪[①]就是这样的人。他在意大利被视为独身主义的代表，由于惧怕为他人奉献自己或与他人共享自己的财富而拒绝结婚。而我之所以不结婚，则是出于有意识的政治选择及种种历史原因。我是我所处的那个时代典型的历史产物，作为一个居无定所的职业女性，我暴露于技术社会的所有社会变革之下。其中的因果关系稍后我再向你们解释。总之，像我这样的人在今天非常普遍，未来还会更多。但在我所处的那个时代并没有很多人和我一样：当我开始向婚姻说“不”的时候，独身主义还不是一种社会风尚。不仅仅在意大利，在许多别的国家也是如此。

今天我算得上是一个时尚的弄潮儿，但在当时却并非如此。当然，选择独身的缘由因人而异，但我认为，总有一个主要的历史原因。现在我来详细解释一下。我始终觉得独身对我来说是一个正确的、同时也无可避免的选择，但一直无法给出一个深刻的解释。直到不久之前，我在美国见到了《未来的冲击》的作者托夫勒[②]，他说明了为什么我会一直单身。托夫勒说，其中很大一部分原因在于我们现在所处的社

① 阿尔伯托·索迪（Albert Sordi，1920—2003），意大利导演、演员、编剧。
② 阿尔文·托夫勒（Alvin Toffler，1928—2016），未来学大师、世界著名未来学家、最具影响力的社会思想家之一。代表作品有《未来的冲击》《第三次浪潮》《权力的转移》（未来三部曲）等。

会是一个极度工业化的、技术化的社会。尤其是技术化的特点，让一切发生的速度不断加快。我们认识的人越来越多，能与其维持关系的时间却越来越短。时至今日，想要维持一段长久的关系愈加困难，人与人之间的关系几乎都是暂时性的。换句话说，较之以前，我们与更多的人相识，也与更多的人最终走向陌路。这些人里不仅包括泛泛之交，也包括朋友、爱人。这一现象显然不利于组建家庭。家庭是农业社会的典型产物，在农业社会中，一切社会活动的速度更加缓慢。在这种缓慢的、非流动的社会环境中，人们与少数几人相识相交，他们之间的关系也十分持久。到了工业社会，一切都开始发生改变：工业社会其实是一个流动社会，社会节奏已不似之前那般缓慢，因而家庭规模大大缩小。随着城镇化进程的不断发展，城镇家庭规模不断缩小，家庭中不再有祖父祖母、叔叔阿姨、同辈的堂表亲或是配偶的兄弟姐妹，而成了仅由父母及子女形成的原子化家庭。到如今极度工业化、技术化的社会，家庭规模再度缩小，甚至产生了仅有一名单身男性（或女性）的家庭单位。这种特点在像我这样的“流浪者”，即那些没有固定住所的人当中尤为明显。我就没有一个固定的居所：我在美国有房子，在意大利也有房子。还有分散在世界各地的那些旅馆，我常常在那里一住就是好几年。不仅过去，现在也是如此。在这种情况下，我们如何能够和另一个人结合在一起，组建一个家庭？也许有人会说，以前那些海员不也结婚吗？可在当时，妻子完全附属于丈夫，所以她们只能顺从丈夫的安排在家中等待丈夫归来。但男人不能接受这样的社会角色。

看似矛盾的是，在今天的单身人士中，女性的数量要多于男性。因为男性在没有固定居所的同时，仍能够拥有愿意在家中等待他的伴侣，但女性不能。男性的傲慢自大让等待配偶成了一件几乎不可能的事。

不过这并不意味着我和阿尔伯托·索迪一样是个朝三暮四的人，也不像他那样在生活中缺乏来自异性的喜爱。我是一个天性严肃、忠贞的人，身边也从未缺少心怀爱慕的男性。不过当我说自己从未结过婚时，我有一种说谎的感觉。从道德伦理和感情角度来说，我结过婚，现在也身处婚姻之中，只不过没有神父或市长的参与而已。在这种意义上，我还曾离婚、再婚，但是从未像普通婚姻中的夫妇那样和伴侣一直生活在一起。为什么？有两个原因，很难说哪一个更重要。一个是历史原因：我天性自由，选择了漂泊的生活，所以我不愿、也不能做到固定居住在一处。另一个原因是我不愿意，也不能放弃我的自由。你可能会反驳我说，身为人类，总是需要和他人建立某种深入的、持久的关系。我并非没有这种关系，它来源于由我父母组建的家庭，它满足了这种需求，同时又从不会让我感到被控制、被奴役。父母允许你匆匆离开，允许你自由来去，但丈夫做不到。

我曾经尝试过与伴侣如同普通夫妻般住在一起，确切地说，是由于一些情势所迫：都是正当且高尚的缘由。我觉得自己快要疯掉了。不只是我完全适应不了，我不得不说，他也一样，因为在渴望独立这一点上，我们一模一样。是的，他很难适应与我住在一起，尽管他明显是更舒适、安逸的一方：打扫房子、做饭等杂事都由我来做，而他什么也不管。更要命的是，这种被迫的同居生活让我手足无措，即使他很安静，或在睡觉，我也能听见他的声音。还有共用一个电话。简直什么秘密都没了！后来，生活中的一些变化又让我们回到了各自的居所，他回到他的家，我也自由往返于我在世界各地的住处，一切又重新变得无比美妙。我们又变成两个自由的个体：可以自由地相爱，而不是因为住在一起所以不得不爱着彼此。我们可以尽情施展个性，不必担心会因此伤害到对方。你会问我：这算是什么关系？你们这算是婚姻吗？算是一个家庭吗？托夫勒给出的答案是肯定的。我忘了告诉你们一件事：既然在如今这个技术时代，一切都是短暂的，那么在瞬息万变的社会中，我们会更快地相遇，更快地分别，也同样能够更加快速、便捷地再次相聚。总之，所谓的“分离”不再是、或者说不必是最终的离别。我们曾经乘坐飞机与对方相见，那么现在、将来亦能如此。所以虽然天各一方、聚散不停，但我们仍是一个整体。我觉得婚姻已经是过时的东西了。在我的书《给一个未出生孩子的信》中，我曾经写道：女人一定要做母亲的想法已经是老一辈人的东西了。现在我要加一句，婚姻也是老古董了。

在我写的所有书中，只有两部是虚构作品：《战争中的珀涅罗珀》与《给一个未出生孩子的信》。两部作品中的主角都是女性，拥有过爱情的未婚女性。最有意思的事情是，不论你有没有认真去读这两本书，你会发现她们从未谈及婚姻。她们都不想结婚。就算是编写他人的故事，我的潜意识也从未背叛过我：不，不，不要婚姻。它证实了我所说的：这种对婚姻的强烈抗拒是我内在的本能。

婚姻中的支配感与被支配感令我厌恶。它是绊脚石，阻止你自由地奔跑、跳跃、攀上高高的大树。我一直高声反对着那些统治者：国家统治者、教会统治者、资本统治者，如果我接受一个被称为“丈夫”的人来支配我，那么我所做的一切又有什么意义呢？我不想支配任何人，那么他缘何能够支配我？我不会控制他，也不愿被他控制；我不会窥视他，也不愿被他窥视。

当然，这种生活与思考方式需要人们有很强的严肃性和自律性，否则他们只会变得行为不端、朝三暮四，流连于不同异性的床笫之间。这对我来说是一种挑战，一种牺牲，但更是学习严肃性与自律性的绝佳机会。

然后是关于名字的问题。至少在我们的西方文明中是这样。我拥有一个好姓氏，虽然它并不属于我，而是来自我的父亲，不过这并不是问题所在。真正困扰我的，是将来被迫放弃自己的姓名这件事。我发誓，这种困扰从孩童时期就一直纠缠着我。要知道当时我并未成名。奇怪的是，选择或者被迫继承父亲的姓氏，似乎不如选择或者被迫使用丈夫的姓氏那样让我们觉得受到贬低，尽管结婚是成年人有意识的选择。但你还是会觉得自己好像被无视了，好像成了他人的所有物，就像那些古罗马的奴隶，只能接受奴隶主给他们的名字。

独身男女都是社会变化的典型产物之一，毫无疑问在未来的社会中也会依然存在。我们可以说，正是由于如今社会的技术特性，整个社会结构发生了剧烈的变化。那么变化是通过哪些途径发生的呢？比如说，交通。更不用说工作的变化了，如今很多工作种类的产生也是由于新兴交通方式的出现。诸如飞机（当然还包括汽车）等交通工具使距离仿佛缩短了，国家之间也似乎不再那么遥远。人们与周围越来越多的人结识，但与其维持关系、相聚的时间却越来越短。比如我住在巴里[①]，你住在米兰；或者我住在纽约，你住在悉尼，然后我们相遇了。但在此之后，我会返回巴里或纽约，而你则需返回米兰或悉尼，因为我们各有自己的工作。当然，我们有可能会结婚，然而之后我们当中有一个人必须放弃自己的工作，但在如今的社会里，我们与工作之间的联系比家庭更紧密。没有人愿意妥协。这就是我所说的，人们之间的关系无法维持长久的原因了。然而真正让我们感到精疲力竭的并非此事，电话把我们和别人紧紧束缚在一起，飞机让我们不断与别人相遇、相识，结下各种各样的关系。

现在再来说说工作。之前我说过，你和我都不愿意妥协。那么现在假设一下，如果我们同处一个城市，但工作的性质和时间完全不同呢？此时我们的婚姻可能名存实亡。接下来会怎样？接下来我们双方，就算都在米兰，也会宁愿独自一人。或者说，可以在一起，但要拥有各自的居所。

---

① 意大利东南部港口城市。

我认为，就是这些原因让现在的人们对婚姻望而却步。这是一个现实问题，而非思想问题，或是按你们所说的：道德伦理问题。人们之间的关系在这些原因的影响下变得不确定。人们感到恐惧，认为它不可信，不觉得它能够持久。（事实证明，持久的关系确实几乎不存在。）

这个时候问题自然而然就来了：人与人之间的关系为什么不能持久？恰恰是由于那种“只能与某人在一起”的强制性不复存在了，人们有了更多的体验，接收到外界更多的吸引，与更多的人有了接触。过去人们能够维持长久的关系，是因为受到的诱惑比今天少，接触的人也有限：在农业社会这是唯一的生活方式。早期工业社会也是如此，两个孤独的个体（作为社会这个巨大机器上小小齿轮的某个男性个体和另一个女性个体）结合成为另一个双倍孤独的个体。这种关系多半会伴随他们终老。而现在就并非如此了，因为他们不再是彼此的唯一。

那么两个各自独立的个体能组合成为一个家庭吗？也许现在讨论这个问题还为时过早。但我认为，虽然在生命中的大部分时间或一半时间，抑或部分时间，两个人的肉体分处不同的空间，他们的灵魂却密不可分。这样组成的家庭不再是人们过往理解的那样。

托夫勒在《未来的冲击》中说过，一个家庭也可以由两名同性的个体组成。如今，许多美国社会学家都接受了这样的论点。但我看来，这一现象虽然不至于大为可疑，但仍有待商榷。如果这样的观点是可接受的，那为什么我的做法就要被视为异类呢？我指的是我并没有与交往已久的男人组成一个传统意义上的家庭，可我与那个男人密不可分。当他来找我时，就如同回到他自己家一样，我去找他时亦是如此。我们早已习惯彼此，习惯这样的生活，因此自然而然地把彼此的居所当作我们的家。所以，当我们中的一个人提议或想要移动屋里的某件家具、某幅画时，我们会先吵一架，我们俩都是互不相让、动辄争吵的人，却从未怀疑过对方有权利提议甚至直接移动家中的家具或画。

有人可能会提出关于忠诚的问题。就我个人来说，这点非常重要。我是那种只要还和某个男性交往，就一定会保持忠诚的女人。不过我觉得单单在未婚女性面前提出这个问题未免有刻意之嫌，因为婚姻其实也并不能保证双方的忠诚。如果一个女人想脚踩两条船，那么结婚后她照样也能这么做。

我抗拒的是两个人必须生活在一起的婚姻。关于这一点，有些话我必须要说，尽管有人会认为这是在宣扬女权主义，也就是说，抨击了男人的荣誉。过去的女性与奴隶无二，或者就像如今人们说的“物品”，但新时代的女性既不是奴隶，也不是物品，对于她们来说，即使和最爱的、世界上最好的男人生活在一起，也是一种难以忍受的痛苦。因为男人们往往缺乏关于生活能力的教育，总希望每个女人都像母亲一样对待他，尤其是与他们结婚或同居的女人。即使在时间较短的同居中也是如此，关于这点我深有体会。（每次去看望我的爱人，看见他满室凌乱时，我就觉得毛骨悚然。之后我立刻开始主动地收拾屋子、打扫卫生。我承认这里面存在私心，因为我自己也得在那里待上一段时间，即便是几天，我也无法忍受生活在那样的混乱之中。但我不会总这么做，因为我活在这个世上，不应该每天都纠缠于诸如此类的琐事。）[21]

当然，曾经我也想过要结婚，但那段日子在我心中已如史前时代般遥远。当时我大概十五或十八岁。然而奇怪的是，随着我越来越多次地回忆那段时日，我愈加难以发现对“婚姻”这个词的向往。当我还是个孩子时，诸如“妻子”“丈夫”“未婚夫”“未婚妻”等词就在我的心中留下了一种难以解释的烦恼。我想，小时候我还是希望能够有一个我爱的男人，而他也会永远爱着我：就像童话故事里那样。然而，我在其中发觉了一种致命的危险：如果这个男人占据了我整个生命怎么办？我不是驯养的动物，不可能被锁在一个被称为“家”的小小世界中。“妻子”这个职业一直让我万分恐惧。我不想做“妻子”，我要写作、旅行、去了解整个世界，要充分使用我的一生。不仅如此，必须放弃自己的名字，转而冠上另一个男人的名字这件事也让我倍感愤怒。为什么要放弃名字？为什么要如此卑微？我只属于我自己。尽管不是出于明确的意识，但我想我早就是个自发的女权主义者了。因为即使我知道这个社会是由男性创造并主宰的，但身为女性，我从未感到低人一等。出于一种对现实的挑战，一种打赌的心态，我的梦想和对人生的规划非但没有被性别所限制，反而因此得到了激励。

我就在这种挑战中度过了最初的青春时光。因为害怕被社会普遍的想法引诱、同化，那些年我就像一条未佩戴口套的野狗：远离人群，自由自在，随时可以发出自己的呐喊。我拒绝所有追求我的人，也不让自己陷入恋爱的旋涡。这当然很痛苦，也伤害了其他人，但我并没有为此停下前进的脚步，即使第一次为爱情献出自己时也是如此。何况那并不是一个愉快的过程，它唯一的作用是让我意识到所谓爱情不过是一场骗局，意味着你将因此束手束脚。这种认知让我变得冷酷乖张。在之后的很多年里，我不再允许任何人成为我的牢笼。为了逃脱束缚，飞机成了我最忠诚的伙伴，而我往往也能毫不费力地达成目的。那些围绕在我身边的受人敬仰或赞颂的男人，其实并配不上那样的名望。事实上，总有一天我会证明自己比他们更勇敢坚强。在我早期的一部小说《战争中的珀涅罗珀》中，我借由男女主人公的故事道出了自己的经历：故事里的男人在与初经人事的女人做爱之后哭了，反倒是女人一边安慰他，一边递上一块手帕，让他擦干净涕泗横流的脸。像我这样的女性在经受了许多苦难后，往往会变得比男性更加强大。这也许是我们的悲哀，因为这样的我们很难被社会所接受。

然而我并不因此厌恶男人。这可能是造就我们这类女性悲剧的又一原因。男性们被社会寄予了过高的期望，而他们为了维护自己的地位与名望心胸狭隘、不择手段，但我知道，这不是他们的错。几千年来，他们所接受的信息就是错误的：这些信息如洗脑一般，既扭曲了他们，也扭曲了我们。我不讨厌男人。当爱上他们当中的一个时，我会变得如羔羊一样温柔，如羔羊一样奉献自己。理智和母性总让我原谅他的过错。但我不会让自己抱有太多的幻想，不会停下至今为止从未停止过的脚步。至今为止还没有任何一个人能够说服我，让我不再独自生活，让我承认婚姻并不是女性的牢笼。有人会说，婚姻的必要条件不正是夫妻在一起生活吗？然而事实是，没有什么能比共同生活更快让你失去对一个男人的仰慕。即便他是世界上最优秀的男人。共同生活时，你会发现那个男人就像一个任性的、被宠坏了的孩子，你得花一半的时间取悦他、伺候他、保护他。这个“孩子”想从你身上寻找的不是爱人、伴侣，而是保姆、秘书、仆人，总之，他希望你成为他成人之后的另一个“妈妈”。最乐观的情况是（当然这本身不是一件乐观的事），他希望你只是他的一个玩具。尽管你的工作比他的辛苦得多，你要担负的责任比他多得多，他还是希望你在他起床之前为他煮好咖啡，希望你比他早回家，为他做好饭，希望你把他的脏衣服送去洗衣店，或者亲自把它们洗干净，他还要求你不能有任何负面情绪，却要无限包容他的坏脾气。哎，我们这些可怜的“妈妈”啊。从人们说女人生来就是为了日后嫁人的那一天起，我们受了多少的痛苦与折磨。我最大的遗憾就是没有生孩子，不能把这些事实真相告诉他们。

我认为婚姻是有违自然规律的，因为我们的情感就像一双鞋，随着时间的流逝会慢慢磨损，你需要时不时地修补它，换个鞋底，打个补丁。而那个你永远爱他、他也永远爱你的人并不存在：除非你虚伪地欺骗自己，屈从于对孤独的恐惧，为一些便利而妥协。存在的只有人生旅途的旅伴，你可以凭借理智选择和包容你的同伴，并与他走完人生旅程，然而这只是一种模糊的希望。即使在这种情况下，你也不能忘记，你们只属于自己，你们只是暂别了独居的生活。我也曾用我成熟理智的思想为自己选择过“旅伴”，不论我们谁先放手，每当与对方告别，我都会痛苦得难以呼吸，但又抑制不住地感到一阵轻松。然后我转过身，像一条自由的野狗，继续我自己未来的路。[22]

未出生的孩子

"母亲"并不是一种职业，也不是一项义务，它只是我们众多权利当中的一项罢了。[23]

人类诞生于两个异性个体的结合。鱼、鸟、大象、昆虫也是如此。生命的孕育需要一颗精子和一颗卵子。不管我们喜欢与否，这就是地球上所有生命诞生的方式。根据生物起源学说，在未来，新生命的产生也许可以不需要精子，但卵子不一样。不论对于哺乳动物还是卵生动物，卵子都是必不可少的。对于人类来说，卵子产生于女性的腹中。受精的过程如同神奇的魔法，一个小颗粒拥有了生命，然后它生根发芽，在经过一段奇妙的孕育历程后成长为一个全新的生命，一个新的人。我相信，爱情的产生、两性的结合其实都出自我们的生存本能，换句话说，延续种群的需要。这样，即使我们死了，人类也能通过别的同类继续存在、繁衍下去。我为“母性”这个词着迷。哦，我当然也了解“父性”的概念。正因为太了解了，所以当那些离婚的父亲争取孩子的监护权时，我完全站在他们一边，我谴责将孩子判给前妻的法官。我相信在如今这个社会里，发现一个好父亲比发现一个好母亲要容易得多。（在当今社会，当一个失去理智的父亲杀死自己的孩子后，他也会杀了自己；但如果杀死孩子的人是母亲，她通常不会自杀。）但作为一个女人，一个由于未能生下孩子而备受伤害的女人，我更加了解“母性”的含义。也许正是由于我的孩子在出生之前就魂归天国，所以我总会从“母性”的角度去看待一切事物。[24]

这是命运的决定。我从未做过人工流产，他们就这样一个个离我而去。也许是因为决定要孩子时我年纪太大了，也可能是因为我不够注意，甚至完全不在意。我根本没有时间去注意这些，这倒是事实。怀孕期间坐了太多次飞机，有太多激动、害怕的情绪，或者过度劳累，都对怀孕有害，容易失去肚子里的孩子。我从未面临过是否要，或如何进行人工流产的问题，我的问题是怎么才能顺利生下孩子。唯一的良药是“安宁”，然而我却从来没有。[25]

我从未采取过避孕措施，就像我强烈地讨厌、拒绝婚姻一样，我也同样强烈地想要一个孩子。我和我的爱侣曾经无比自豪、开心地等待一个新生命降生，然而最终我却失去了它，那是我生命中最剧烈的痛之一。如今，是否需要避孕对我来说更不重要了，因为我的爱侣早已不在人世，我也根本不会考虑找个人替代他。

我的情况毕竟只是特例，绝大多数女性的问题恰恰与我相反：她们需要的是限制或阻止怀孕。然而特例也许正好能够反证规律。我支持使用避孕药（虽然我不需要），理由和我支持人工流产合法化、支持离婚（这两者我也同样不需要）一样：毕竟还是有人需要它们的。

我不会再重复做母亲只是一项选择、而非义务这一看法。我想强调的是，真正阻止妊娠的好办法是使用避孕药。与其用人为方式终止怀孕，整个社会更应该设法避免预期之外的受孕。我总是悲伤地想起，母亲曾私下采取过一些流产方式，给身体造成了巨大的伤害。如果当时服用了避孕药，她就不会因此备受折磨。她能够活得更长久、更幸福，身体也会更健康。夺取母亲生命的那场疾病与这些流产方式也有很大的关系，然而她别无选择，因为当时还没有避孕药。

我不明白为什么避孕措施会让两性关系变得更复杂，我认为两性关系只会因此变得更加简单，我们会更加自由、更加快乐。我同样不明白，为什么只有女性服用避孕药。既然两性结合才会产生新生命，那么男性也有他们的责任，也必须采取相应的措施。既然他们已经不用承受流产的伤害、怀孕的辛劳和分娩的痛苦，我看不出有什么理由还要让他们免去服用避孕药这种小小的麻烦。如果给男性服用的“避孕药”不存在，那就发明一个吧。

至于绝育，仅仅这个想法就让我倍感厌恶。在印度时，我曾目睹许多穷人排队等待接受绝育手术。其中有一个人不住地哭泣。让一株大树永远枯萎是残忍的，不让人们有任何改变想法的余地更残忍。[26]

我并不是为了自己呼吁人工流产合法化，而是为了那些需要它的人。我赞成它的合法化，因为它像离婚一样，为我们提供了一种选择，一种自由的选择。这与我们的社会制度和人民权利是一致的。如果一个国家拒绝赋予人民这样的权利，那么我不认为它是一个自由的国家，或者应该被定义为自由的国家。

如果你们真的尊重每一个生命，那么请时刻记得，有一样东西比人工流产更可怕——战争。我在越南的三年亲历了那场战争。我向你们保证，比起那个流产后被保存在酒精瓶中的小小胚胎，我更为那些被你们送上战场的二十多岁的年轻人痛心。那是无比悲痛的一刻。战争是一场推迟了二十年的人工流产，但那些不能够接受人工流产的人，却接受了战争的存在。[27]

第一次怀孕时我很害怕。没错，我感到恐惧，但那绝不是因为世人的眼光，而是因为我和我肚中的孩子。正如我在《给一个未出生孩子的信》中所说的，我有权利将另一个人带到这个世界上吗？我有权利为自己设下这样的羁绊吗？然而很快我不再犹豫。当我下定决心后，腹中的他或她却选择不来这个世界，重新化为一团虚无。这是多么痛苦的一件事。每一次失去腹中的孩子对于我来说都是难以言喻的悲痛，因为一个人死后没有留下孩子，就如同死了两次。一株植物不能盛放出鲜花，一棵大树不能结出硕果，一个人死去时未能留下孩子，都是十分可怕的。那意味着永久地湮灭在这宇宙洪荒之中，我写书时一直抱着这样的想法，希望将来我离开这个世界时能留下自己的痕迹。只要我活着，我就从来不去考虑是否被他人喜爱；只要我活着，就算不写这些书，也总是避免不了引起无数争论。然而当有一天我死去，我还是希望能够留下自己的孩子。哪怕只是些纸呢。[28]

所以写书时，我会说："我怀着一本书。"当书出版后，我则说："我生出了一本书。"我总是把我的书称作"我的纸孩子们"。[29]

自由

我从不理解何谓权力，不理解为何人们会觉得自己有权、或被赋予权力命令他人，惩罚那些不听从其命令的人。我见过形形色色的人：从专制君主到民选总统，从普通的杀人犯到受众人爱戴的领袖。然而不论是谁，从他们身上看到的权力都让我觉得野蛮残酷、令人生厌。上帝曾经告诉亚当和夏娃，日后他们将在汗水中劳作、在痛苦中分娩。然而，伊甸园并未止于此刻。它止于亚当和夏娃发现有一位主宰者限制他们吃树上的苹果。因为一颗苹果被逐出伊甸园的他们创建、领导了一个部族，他们甚至禁止人们周五时吃肉[①]。我明白，人类要过群居的生活，就必须有一位权威人士担任管理者，否则一切必将陷入混乱。但我认为，这恰恰是人类最

① 天主教徒周五须守小斋，不可吃热血动物的肉或肉汤。

悲哀的一点。没有人知道这位首领的权力起于何处、止于何方：唯一可以确定的一点是，你无法控制他，但他却能扼杀你的自由。更令人痛苦的是，事实证明，绝对的自由是不存在的。尽管我们不断地探寻这种自由，付出一切该付出的代价，但它不曾、也定然不会出现。[30]

如果我们能够数清历史长河中有多少人为了自由备受折磨甚至失去生命，我们就能发现，没有什么东西像“自由”这样让人类付出了如此多的血泪。如果我们把所有写过或印有“自由”一词的纸粘成一个纸袋，那它一定能装下整个地球。所有的诗人都对自由发出过由衷的歌颂，所有的哲学家都曾深刻地思索何谓自由，所有的历史学家都曾讲述人类争取自由时取得的胜利、承受的失败：关于自由，我们有过不朽的诗歌、难忘的篇章。然而关于“自由”尚没有一个被所有人接受的定义。我们仍在不断地探寻，到底什么是自由，它是由哪些东西组成的。以我为例，我在崇尚自由的教育中长大，由此我学会了热爱捍卫自由之人，憎恨损害他人自由之人。“自由”一词出现在我每一本书、每一次报道或每一场演讲之中。但每当有人请我简短概括自由的含义时，我总会感到惶恐。

也许这是因为与许多明确的概念相比，“自由”一词包含了太多无法相互融合的理念，这些理念各自为政，甚至互相矛盾。也许因为“自由”不仅仅是一个概念，更是一种情感与感觉，而要将情感和感觉理性化、概念化，是完全不可能的。或者仅仅是因为害怕落入修辞的陷阱，以致说出的话最终竟成谎言。每当人们提及“自由”，他们所想到的往往是政治自由，例如公民的权利和义务。我曾亲眼见证有人以这种自由的名义损害甚至抹杀自由，从自由的倡导者沦为自由的刽子手，发起、推动非正义的战争和名不符实的革命，一边高喊着“自由万岁”“祖国与自由”“独立与自由”“平等与自由”“公平与自由”，一边却肆意杀戮、犯下滔天的罪行。此外，历史还教会我们，不论在什么时期，不论举着什么样的旗帜，那些与独裁者斗争的人，有时最终也会变成独裁者，甚至更为专制、残暴。

提到自由，有的人还会想到个体自由：即人际关系和私人生活中的自由。拉科代尔[1]曾将个体自由总结为“在不损害他人的前提下，做想做之事的权利”。这话没错，但事实上，人们在行使自己的自由时往往难以避免损害、妨碍或限制他人

① 拉科代尔（Lacordaire,1802—1861），法国罗马天主教教士。提倡政教分离、民主改革，拥护共和政体。

的自由。假如我在你面前吸烟，而你甚至忍受不了烟味，那么我行使了自己的自由，却损害、妨碍或限制了你的自由；可是如果你请求我、或者直接不让我吸烟，那么你又损害、妨碍或限制了我的自由。假如我们躺在床上准备休息，但我开着灯，让你难以入眠，那么我行使了我的自由，却损害、妨碍或限制了你的自由；可是如果你伸手把灯关上，那么你又损害、妨碍或限制了我的自由。即使我由于爱你、想要讨好你而强迫自己不吸烟或是关灯，事情也没有发生任何变化。这也许恰恰证明了没有什么比“爱”更能限制自由：不论母亲对子女的爱、子女对母亲的爱，还是对一个男人、女人，甚至小狗的爱，皆是如此。如果真的爱上了一个人，你就会发现，你的生活变得束手束脚，更甚于一艘下锚停泊的船。爱对于个人自由来说是一种自杀。要说明真正的、纯粹的自由并不存在，这就是最无可辩驳的证据。况且我们根本不能自由选择是否来到这个世界，而之后所做的一切选择都基于这个别人替我们做的决定。既然这样，又何来真正、纯粹的自由呢？

真正、纯粹的自由只存在于梦想之中。自由本身就是一种梦想。为了追逐这个梦想，哪怕能捕捉到一丝它的影子、能稍加实现，人们都会不懈斗争、尝尽痛苦甚至失去生命。如果不追逐这个梦想，不能够做到笃志不倦；如果因为觉得追寻不存在的事物徒然无功而放弃，那么结果必然是糟糕的。如果没有这个梦想，我们的智慧、创造力、辨别是非的能力也会消失不见；如果没有这个梦想，“尊严”一词将失去它所有的意义，生命也只会沦为一个个毫无区别的自然进程：吃、喝、睡、生育、死亡，如此而已。我们生而为奴，被迫来到世间，辛苦过完一生。然而我不能想象，仅仅因为如此，我们就要听天由命，甘心成为生活的奴隶吗？还有比这更愚蠢、更可怜、更可悲的事吗？[31]

在我看来，有关人类尊严最不朽的纪念，是我与亚历山德罗斯·帕纳古利斯共同见证的一幕。那是一九七三年的夏天，希腊还在总统乔治·帕帕多普洛斯的统治之下，阿莱科斯带我来到伯罗奔尼撒半岛的一座丘陵之上。那不是塑像，甚至算不上什么标志，OXI，只是三个字母，它们在希腊语里的意思是：“不”。在纳粹法西斯占领此地期间，渴望自由的人们将这三个字母刻于林间。三十年过去了，它们没有因雨水冲刷或太阳暴晒而褪色。后来，有人用一捧石灰抹去了这三个字母，然而有如魔法一般，雨水和阳光很快让石灰开始溶解。日复一日，这三个字母固执、顽强、不顾一切地再次出现在人们眼前，永不湮灭。[32]

给阿莱科斯最后的礼物

如果没有留下些什么，我与他的相遇就没有什么意义了。

这个不爱任何人，甚至不爱他自己的男人，却深深地爱着我。从出狱的那一刻直到死亡，他在人生最后的三年里爱着我。在世间所有的罪过、冤孽、谎言、恶行中，唯一不变的就是他爱我的事实。即使他身边不乏各种女性，生活如孩子般放纵，也丝毫不曾影响他对我的爱。我是他生命中的“锚点”，为此我很感激他。我欠他一句感谢，所以我必须为他写一本《男子汉》（*Um uomo*，1979）。[33]

一个令人生厌的女人总会说些让人不舒服的话，作为这样的一个女人，我绝对也是一个让人讨厌的作家，总写一些令人厌烦的事。而这本书，是关于我认识的人里最遭人憎恨的那一个，也是我所有书中最讨人嫌的那一本。[34]

这本书讲述了一个男人的孤独，因为他拒绝随波逐流，拒绝被意识形态、社会与政权划分派别，或是简化成符号。这本书陈说了一位诗人的悲哀，因为他不愿沦为、最终也没有沦为芸芸众生中的一个。他没有沦为那些发号施令、虚假承诺或是危言恐吓之人的工具，不论他们是左派、右派、中间派，还是极左派、极右派。这本书记叙了一位英雄，他为了自由与真相孤军奋战、永不妥协，最终死在所有人手中。杀死他的不仅有当权者，还有他们的奴隶；不仅有那些暴徒，还包括那些袖手旁观、漠不关心之人。[35]

我谈论这个男人，就是在谈论这个世界上所有和他一样的男男女女。他们和这个男人一样，曾经、或正在被迫害，曾经或将要被夺走生命。那些被捕的人、受刑的人，那些伤残的人、消失的人，他们都因为一种疾病受伤、死去。这种疾病叫作“没有自由”。[36]

每当这本书在一个国家出版，阿莱科斯便宛若重生。[37]

* * *

这本书是我送给阿莱科斯的最后一份礼物。如果不用阿莱科斯真正的名字，那么这份礼物将变得毫无意义。而一旦用了阿莱科斯的名字，那我也必须讲述属于他的，真正的故事。[38]

但是对于我来说，作为一名作家，仅仅写一本回忆录或传记是远远不够的，回忆录和传记根本不能让我写出我想说的一切，我需要一本小说来让我说得酣畅淋漓。什么是传记？它是对一个人一生中所有事件完整、甚至啰嗦的叙述。什么是回忆录？它是一部编年史，同样完整或冗长地记录了真实发生的过往。那么小说呢？它是一段历史中的一部分，经过加工、创造，从而更为广泛和深刻地反映现实。因为普遍的现实并非存在于某个人物的某个时期。小说拓展历史，而新闻则尽可能地缩小时间和空间的范围。新闻会告诉你，在某一天、某个时刻、某个地点，某个人、某个城市或某个国家发生了什么。它还会附上一张近景照片，忠实地向你展示照片被拍摄的瞬间。而小说如同诗歌，向你描述一个在时间和空间上不断延伸的故事。这个故事不再局限于某个时刻、某个地点、某个人物，它甚至可以发生在明天、后天，而它所描绘的开阔景象，也远远不是一张照片能够给你的。

总之，关于一九三八年七月二日生于雅典，一九七六年五月一日卒于同一城市的希腊公民亚历山德罗斯·帕纳古利斯，我想写的并不是一部传记。我想写的不是他在哪儿求学，父母是谁，一九六七年军政府掌权时发生了什么；我想写的也不是我们在一起生活的那三年里每一天发生的琐事。这些都无法引起我的兴趣！我想给读者一个属于世界的阿莱科斯，在“他”身上，人们能看见地球上每一个角落的“阿莱科斯”：阿根廷、智利、巴西、尼加拉瓜、中国、俄国、印度……这意味着，把那些事件看作亚历山德罗斯·帕纳古利斯的个人事件对我来说是不够的，我需要对其进行阐述、再加工，使之成为发生在一个公民身上的具有象征意义的事件。不，我要“再创造”，这才是正确的用词。再创造一个现实，比历史的现实更加真实。

这并不是一件容易的事。为了表达爱意，我选择了使用他的名字，随之而来的便是与他相关的许多姓名、事件和日期。这些真实的姓名、真实的事件和真实的日期束缚了我，限制了我的想象力和创造力。有一段时间，我甚至觉得自己好像戴上了犯人的手铐。啊，我真想从头到尾改掉那段历史！我真想完全虚构所有事件！但我不能。我只能对小说的整体结构和局部细节进行再创造；我只能在已有的大量资料中选择我需要的，并以我的方式把它们描述出来。而我确实也是这么做的。[39]

不知何时，我因爱而选择的写作方式竟成了一种挑战。我想，也许正是因为它很困难，所以才吸引了我吧。用已经发生的事件建构一部真正的小说：这是多么艰巨的任务！我甚至一度认为小说中一定有某些东西是我自己虚构的。直到后来和我的美国编辑交流时，我才发现书中竟然没有任何编造的内容：这让此书得以被划入一个特定的文学体裁。那时他兴奋地对我说："太棒了，你写的是纪实小说！""我写的什么？""纪实小说，基于事实真相写出的小说！"他向我解释，小说可以分为虚构小说和非虚构小说，而根据已经发生的事件写成的纪实小说恰恰是他最喜欢的类型。[40]

不要问我书中是否包含了所有真相，答案当然是否定的。也不要问我那些引号里的句子是否为当事人的原话，是否完全符合他们当时说话的方式、语气。我不知道，不记得了！我们不可能在日常生活中随时带着录音机！我不是尼克松，会录下电话录音来敲诈勒索他人！我也没有像帕斯卡①和皮科·德拉·米兰多拉②那样卓越的记忆力。但我可以向你们保证，这些话绝对是真实的，甚至比当事人当时对我说的、或是没对我说的话更接近事实真相。[41]

写这本书很难，因为我一直纠结于它的形式、节奏和语言的优美性。[42]

我无法容忍敷衍草率的写作方式：丝毫不注意字词的重复、发音的相似，或是一个句子、一页文章里必不可少的语音的和谐。当我发现自己犯下这样的错误时，就会从头开始修改……我的文学编辑把创作故事比喻成“建造大教堂”，他不停地重复：“你建造了一座坚固又壮观的教堂。”但困难的不是这个，建造这座“教堂”如此简单，它自然而然地就出现在了我的脑海里。真正的噩梦是另外一些事：对语言节奏、词句乐感的寻找和把握……[43]

---

① 布莱士·帕斯卡（Blaise Pascal，1623—1662），法国数学家、物理学家、哲学家、散文家。

② 皮科·德拉·米兰多拉（Pico della Mirandola，1463—1494），意大利哲学家、人文主义者。

这种对节奏、对每一个句子和章节乐感的执着在《给一个未出生孩子的信》一书中就有迹可循，在这本书中更是被我发挥到了极致，也许甚至有些过度。事实上，内容不能脱离形式而存在，在一本书中，内容和形式是同样重要的。明白了这一点，你就会明白为什么写书是一件极其辛苦、折磨人的事情。[44]

还没有哪本书像这本书一样消耗我、吞噬我，偷走我的生命。我花了三年的时间来写这本书，都够大象孕育一头小象了。整整三年，我把自己关在一间不见天日的屋子里。从早晨八点到晚上八点，每天如此，包括星期天、圣诞节、复活节和新年。外界四季轮回，只有从房间的窗户看见外面的一棵梨树时，我才意识到季节的变化。春天，梨树长了新叶；夏天，树上的梨成熟了；秋天，叶子掉落；冬天，梨树一片干枯。这本书就是我的《地狱一季》。兰波为了写《地狱一季》把自己关在房中四个月，而我从各个方面来说都不如他，所以我用了三年。

最后我病了。我无法入睡，一旦睡着，就会梦到自己在写这本书，而且写的还是同一页：我一直写不出来的那一页。因为我不想在这一页里使用句号，使用逗号和省略号已经是最大的让步。这一页里复合句一个接着一个，每一个动词变位不是虚拟式就是条件式。还有时态总是不统一，我一直在出错。终于，我几近疯狂，于是喊来一个医生朋友。我请求他给我开一些药，让我不要总梦见那一页纸和那些需要前后统一的无数时态。我的医生朋友回答我说："你是真的疯了吧，哪里会有那种能让你不梦见时态统一的药？你太累了，你必须停止这本书的创作。"可我没有停止，而是开始吞下那些或是能让我入睡、或是能让我保持清醒的药丸，希望能够完成这本书，回归正常生活，忘掉我的"地狱一季"。我想看蓝天、艳阳，在四季流转的世界中行走：当然，不要有那棵梨树。

这本书中有几页，我在写完后无法重读。事实上我也确实没有看第二遍。例如，书中那个女人（也就是我）走进停尸房，看见她的男人躺在尸体冷藏柜里……

走进停尸房时，我没有哭；人们打开冷藏柜，露出他面目全非的尸体时，我没有哭；抚摸他冰冷的身体时，我也没有哭。我走出停尸房，人们用一种近乎指责的语气对我指指点点："看，她居然没有哭！"

但当我写下这一切时，我哭了。大滴的眼泪不停滑落，我甚至看不清笔端的文字。因此，我从没读过自己写的这段文字，连校稿也做不到。这几页的校对工作由别人完成，我甚至不知道自己写得到底是好是差。我的编辑告诉我这段文字十分精彩，甚至可以说是全书的亮点之一。可我不知道，也不想知道。[45]

第四部分

PARTE QUARTA

×

写作这个职业

×

IL MESTIERE DI SCRIVERE

被记者职业耽误的作家

比起记者，我一直以来更想成为一名作家。五六岁时，除了作家，我甚至想象不出自己会从事其他工作。我想成为作家，我知道自己要成为作家，但心里的这种冲动总是被无情地打击。这种打击来自于金钱的问题，来自于家中经常发生的对话：“哼，作家，什么作家！你知道作家要卖多少本书才不至于让自己饿死吗？你知道作家要花多少时间才能出名，才能卖出自己的书吗？”母亲总和我说起杰克·伦敦，说他虽然只想写作，却也不得不出去工作，他做过服务员，还去过阿拉斯加淘金。有一天，她把杰克·伦敦的半自传体小说《马丁·伊登》丢到我面前，说：“看看这本书！看看成为一名作家要付出多少辛苦和代价！”读完《马丁·伊登》，我被吓住了：成为一名作家真的如此困难吗？

后来我又听说，托尔斯泰之所以能成为一名作家，是因为出身贵族，家境颇丰。写作期间，托尔斯泰还能去属于自己的林子里打猎，享用仆人们为他冰镇在雪地中的香槟。而陀思妥耶夫斯基靠赌博维持生计，普鲁斯特则拥有大量房产与财富。这些都是布鲁诺伯伯告诉我的，他是我父亲的大哥，当时也是一名记者。他还说："首先要生活，然后才是写作！如果连什么是生活都不知道，你还能写些什么？"所有人都想让我打消当作家的念头，想让我知道写作是富人和老人的特权。我是当不了作家的，因为当时的我年轻又贫穷。于是我相信，想要成为作家，就必须等到自己有钱并到了一定的年龄。这种想法伴随了我一生，也毒害了我一生，导致我浪费了数十年的宝贵时光。由于这个想法，我开始考虑成为一名记者。这算是一种妥协，因为作为一个年轻人、一个不那么富裕的人，好歹还能从事这个工作。除了妥协，这也是我实现文学梦想的开端与途径。是的，这就是我开始考虑成为一名记者的原因：为了写作。

于是我进入了新闻业，并尝试着喜欢上这个工作。后来我甚至爱上了它，因为相比写作，新闻工作有着一定的冒险性。而我是一个喜欢刺激与挑战的女人，永远无法抵抗冒险的诱惑。冒险意味着挑战与神秘，这是人类生活当中最诱人的两个因素。新闻工作让你一头扎入生活、扎入历史，而作家则是将你同生活生生剥离。因为在写书时，你必须独自一人，远离一切：完全专注于写书，这就够了。你必须将自己与生活剥离。于是，我原本想写的那些书被新闻报道吸收、吞噬殆尽。这就是为什么我对记者这个工作抱有某种怨恨情绪。但我确实也感谢它，因为它几乎赋予了我一切，包括早早脱离贫困的状态。它造就了现在的我，给我的生活带来了一场场或美好或苦痛的经历，还有那一次次欢愉和悲伤。不过，若不是它占据了我如此之久的时间，我早就能开始写作了。所以我总是说："我是一个被记者职业耽误了的作家。"[1]

尽管我可以毫不羞愧地说，我为新闻界做出了诸多贡献，记者这一职业也带给我许多。它把我领入写作的世界，让我看见了从事其他工作绝对见不到的事。正是由于这一职业，从过去到现在，我一直是我所处时代的直接见证者。

从最初怯弱的尝试——《无用的性别——围绕女性的旅行》直至今日，我出版的所有书都要归功于记者这项职业。如果不是为数家报纸跟踪报道登月项目，就不会有《假如太阳陨落》一书；假如我没有为了新闻报道走上战场，挨上三个枪子儿，我就无法写出《一无所有，就是如此》；假如不是报社让我去采访那么多位知名的、有权有势的无赖，《风云人物采访记》这本书的出版也无从谈起。仔细想想，《男子汉》一书的诞生也该归功于这个职业：一九七三年八月的那一天，正是我彼时供职的报社把我派往雅典，委以采访帕纳古利斯的任务。尽管看起来有点矛盾，《给一个未出生孩子的信》也恰恰得益于此。社长让我准备一份关于流产的特别报道，并为此给了我四个月的假期。利用这四个月的时间，我反而写出了那本薄薄的书，讨论了关于出生与否、存在与否的困境与抉择。

我远离了新闻业。只是远离，而不是放弃。从某一刻开始，我觉得新闻业再也无法满足我了。因为新闻持续不了多久，也许一天，也许一周或一个月之后，某篇新闻报道就“死”了。就算这篇报道再好，就算你荣幸地接到大不列颠百科全书的电话，问你：“法拉奇女士，请问我们能在百科全书的年鉴中选用您的文章吗？”也是一样的。因为新闻报道关注的是即刻的事件真相，所以文章都是简化的、具体到个别事件的：比如每日报道，比如关于某个人，某个地点或某件事的报道。此外，或者说正是由于这个原因，我选择远离新闻业：新闻报道让我仿佛戴着手铐在写作。因为我必须专注于最严谨的细节、最精确的表述。而且新闻写作完全不给我足够的时间，让我寻求语言的韵律与和谐，写出一篇优美的文章。当印刷办公室在等着你的文章，编辑在催促你"快点法拉奇，赶快"，你没时间斟酌语言。此外，除了每日新闻中的事件，你也没有时间或是空间向读者展露更多的真相。[2]

* * *

在意大利，几乎没有报纸是真正服务于民众的，它们是为那些政客、党派或少数人的利益而办的。报纸内容只是圈内人士之间的对话，供圈内人士读，却丝毫不考虑那些期望了解某些真相而购买报纸的普通读者。此外，这些报道充其量只是些胆怯的文章。在意大利，不论政权是什么颜色：白色、黑色或红色，写新闻报道的人要么害怕它们，要么为它们服务。在意大利，你永远找不到一个人像《华盛顿邮报》的霍华德·西蒙斯那样，敢冲着尼克松吐唾沫，也永远找不到哪个人敢直言不讳：某某人是个小偷，某某人是中央情报局的走狗，某某人在撒谎。在意大利，人们只是窃窃私语、低声抱怨。这种数百年来的缺点有其特定的历史根源和来由，比如外族入侵、法西斯统治，人们只能低声私语，否则就会被送进监狱或是挨上几个耳光。唉，那些在反法西斯斗争中死去的人们并不是为了现在这种状况献出生命。他们的牺牲是为了人们能够畅所欲言啊。[3]

如果一名记者没有敌人、不让人讨厌，生活之中也没有什么麻烦（小到像我经常遇到的电话被监听，大到遭受法西斯分子的死亡威胁），那他多半不是个好记者。一名好记者绝不应该是个顺从的人，更不会是个无害的人。如果对他或她来说万事顺遂，那意味着他或她一定取悦了政权。我们记者的任务绝不是取悦政权，而是告知大众真相，唤醒大众的政治自觉。这种政治自觉，正是政客们用尽手段，期望永久沉睡下去的。对于记者来说，每一天都如同面临着一个水门事件。

我说水门事件，指的是其中蕴含的政治、文化行为。谴责、解释、抗议（在我看来）就是政治和文化行为。文化形成的过程就是政治形成的过程，反之亦然。对大众而言，除了报纸，还有哪里能实现这种双重的形成呢？[4]

* * *

什么叫作诚实，什么叫作说真话？我所叙述的都是我亲眼所见、亲耳所闻。什么叫作无礼？说真话就是无礼吗？如果你的孩子告诉你，你长得真丑，你会对他说什么呢？你会说他很无礼，可他其实只是说了真话而已。

我觉得自己还是很温和友好的。采访某人时，我总是努力发掘出此人最好的部分；描述他时，我也尽量展现出他最好的一面。有时，我可以说说这个人的坏话，但我从没有这么做过。

然而事实却是，每次你试图说出真相时，就会有人指责你粗鲁无礼。而你一旦背上这个恶名，就算写天空很蓝，也同样会受到指责。打个比方，如果我写：“那时蓝色的天空如此美丽。”哦，法拉奇可真是刻薄。

那些女演员们从不知足。我知道她们想要的是什么。有时候，我想满足她们的愿望，按她们的想法来写一篇文章，比如：“这位优雅的女演员越发美丽，非常感谢她带给我们如此精彩的采访。德艺双馨的她如同一支幽兰，温婉地坐在孩子们中间，与我谈论艺术。”如果我真的写出这样的报道，你一定会说我是个傻子。况且事实并非如此，我还可能被人当作胡言乱语的骗子。当然，如兰花般优美典雅的女演员还是有的，事实上大部分女演员都是如此。但我却不能列举出名字，以免因有所遗漏而引起她们的愤怒。其实我们这些他人口中的坏人反而是最诚实之人，也是最良善之人。[5]

* * *

我讨厌客观，也不止一次说过我并不相信所谓的客观性。我只相信自己的亲身见闻及感受。无论男女，我们毕竟都已经不是小孩。选择这项职业，就意味着成为战地记者时，要有足够的勇气；采访毛泽东时，不可胆怯腼腆。尽管没有发现相对论，我们也需要足够聪慧；尽管没有取得精神分析学、精神病学或类似学科的学位，我们也要有能力看透某个人的灵魂。

我们是英雄。一名记者就如同一位历史学家，在历史发生的那一刻，将之真实地记录于笔端。[6]

别了，《欧洲人》，我选择了《晚邮报》

我相信，每个人都总有一天会被疲累占据，产生放弃的想法。无论身处哪个行业，所有人都逃脱不了，只是时间早晚不同罢了。再有意思的事情，一旦萌发出令人恶心或厌倦的苗头便只能宣告终结，甚至信仰、爱情也一样。这样的事情在我身上发生了无数次，也由此给我带来了太多的痛苦。最严重的危机发生在阿莱科斯去世之后，那时我的母亲因癌症生命垂危，并最终在八个月之后离我而去。我因为失去阿莱科斯几近心碎，却还要无奈地等待悲痛的卷土重来。但正是这种状态，让我开始认真看待许多事情。并不是说我以前对它们视而不见，但确实或多或少有意将其拒之门外。我看着镜中的自己，察觉四十年的光阴已然飞逝而过。以后该怎么做呢？还是一心一意扑在记者这项职业上吗？没错，我学会了爱上它，但当时选择它是出于需要和妥协。犹疑不决间，当时我正供职的《欧洲人》内部发生了一个令我生厌的变化：托马索·吉里奥被撤去了社长一职。我厌恶此次闹剧牵涉的所有人，从施压者到受害者，因为他们在事件中的行为都令人十分不满。于是我效法急流勇退的辛辛纳图斯[①]，将工作重心转移到写书上。

我没有因为阿莱科斯的死变得畏畏缩缩，反而强硬起来。这件事激发了我心中的冷酷与愤怒，让我在表明立场和态度时更加直接、坚决。我的主编很清楚，我丝毫不留余地地表明了我的立场："辞退吉里奥是不公正的"，并且始终未曾有任何改变。我开始写书，再也不想知道关于《欧洲人》的任何事情。我甚至不愿再看它一眼，所以始终没发现自己的名字仍被他们刊登在特派记者一列！我厌恶事件中的所有人，从施压者到受压迫者。对于后者，我心中还升起一阵失望。因为他们懦弱无能，没有骨气。一开始，这些人还能像沙维尔·库加[②]的吉娃娃那样叫几声，可随后便任人宰割了。

① 辛辛纳图斯（Cincinnatus，公元前 519—前 430），古罗马共和国时期的英雄。公元前 458 年，时任执政官米努基乌斯所统率的罗马军队遭到意大利埃奎人的包围，退隐务农的他临危受命担任罗马独裁官，以保卫罗马。退敌 16 天后，他卸任返回农庄。

② 沙维尔·库加（Xavier Cugat，1900—1990），拉丁舞曲大师，享有"伦巴之王"的美誉。给人留下的印象是喜欢抱着吉娃娃走来走去。

关于《欧洲人》你还想让我说些什么呢？我只在他们终于偷偷把我的名字删掉之后翻看过一次。我看了其中的几期，发现内容不堪入目：袒胸露乳的女孩、赤裸的修女、在车中翻云覆雨的情侣。我被无尽的悲伤攫取，仿佛面对一具沾满粪土的尸体——我曾经为之倾注所有的《欧洲人》。[7]

* * *

离开垂死挣扎的《欧洲人》之后，我选择了《晚邮报》。

《晚邮报》在我心中有着特殊的地位，因为布鲁诺伯伯曾经在那儿工作，而我从青年、甚至少年时起，就一直渴望成为其中的一员。(但那是不可能的事，因为彼时《晚邮报》并不招收女性职员。“在那儿，让女性记者署名被看作异端！”布鲁诺伯伯说这句话时很是愤慨。)

那几年，《晚邮报》的社长是弗朗科·迪贝拉。天啊，他太优秀了！新闻工作之于他就如绘画之于毕加索。迪贝拉热爱新闻事业，他充满热情，并且有自己独到的见解。当我把霍梅尼的采访稿交给他时，他高兴得热泪盈眶；而当我拿出邓小平的采访记录时，他甚至挥舞着手中的红桃A，跪倒在地上。迪贝拉，不同于那些虚张声势、自以为是，实际上却一文不值的人，他是一名真正伟大的新闻工作者。此外，他还十分幽默。可后来，迪贝拉离开了报社。我将自己封闭在写书的孤独世界中，《晚邮报》在我眼中也变成了一群只可远观的编辑们，有时需要带着敬意，有时则不必。但不论如何，《晚邮报》在我心中的特殊地位一直没变。我想说的是，我们之间存在着一种特别的联系。9·11事件之后，我选择将写好的长文发表在《晚邮报》上（或者说“赠送”更合适，因为我不想因此获得报酬）。之后，正是在这篇文章的基础上，我出版了《愤怒与骄傲》（*La Rabbia e l' Orgoglio*，2001）。[8]

九月，于德黑兰

一九七三年，我采访了巴列维，并在随后的文章中骂他是“狗娘养的”。于是霍梅尼给了我这次采访的机会，认为我会把他写得很好。

当然，此次前去采访，我的身份不会是霍梅尼的好朋友。我已经为此做好了最坏的打算。[9]

巴尼萨德尔①先生说服了伊玛目②，让我能够马上得到接

① 阿布·哈桑·巴尼萨德尔（Abo lhassan Bani sadar，1933—2021），1978年10月起霍梅尼流亡巴黎期间的主要助手，1979年随霍梅尼回国，任首席经济顾问、伊朗革命委员会成员及经济委员会主席，参与制定新宪法。

② 伊斯兰教教职称谓，指清真寺内带领穆斯林群众举行拜功的领拜师。在什叶派中指宗教领袖。此处指霍梅尼。

见。明天我们将前往圣城库姆①。是的，明早八点。我们的会面定在明天下午三点，开车过去需要五到六个小时。我准备好了吗？有合适的服装吗？服装非常重要：我清楚地知道自己是一个女人，伊玛目还从来没有接受过任何一位女性的采访，此次破例有重大的意义，但如果当中有什么差错，也会带来巨大的麻烦。

“我带了一条黑裤子，一件领口很紧的长袖黑衬衫。”“还不够。”“我还带了一块黑头巾，能一直盖到肩膀。”“不够。”“还有一件黑色的披风，长度到脚面。”“不够。”“怎么会不够？”“你得穿卡多尔。”“可我没有啊。”“我会把我妻子的卡多尔给你。记住，不能涂红色指甲油，伊玛目会生气的。”“当然。”“不能擦粉，不能涂口红，伊玛目对此很反感。”“没问题。”“不要喷香水，不能有任何轻浮的言行，否则伊玛目会认为这是对他的挑衅。”“好的。”

当时我为即将到来的采访欢天喜地，就算让我剃光头，我也一定会答应的。[10]

库姆，霍梅尼的圣城，我没有忘记发生在那里的点点滴

① 伊斯兰教什叶派圣城，位于今伊朗首都德黑兰以南约 150 公里处。霍梅尼属什叶派，因此下文称库姆为霍梅尼的圣城。

滴，没有忘记由于我是一名女性而被所有旅店拒绝接待。为了采访霍梅尼，我必须换上卡多尔；为了换上卡多尔，我就必须脱掉身上的蓝色牛仔裤；为了脱掉蓝色牛仔裤，我需要一个独立的空间。我很自然地想到了那辆我们从德黑兰一路开来的车，但随行的伊朗翻译和他的西班牙妻子阻止了我。“您疯了吧，女士，您一定是疯了。在库姆做这样的事儿可是会被枪毙的。”我们一路寻找合适的地方，在到达前朝的王宫时，一位看守人出于怜悯接待了我们，把我们领到了觐见室。在那个大房间里，我感觉自己就像圣母玛利亚，为了顺利生下耶稣，与约瑟躲进冰冷的马棚，被棚中的驴和牛温暖着。然后你知道发生了什么吗？《古兰经》中规定非夫妻关系的男女同处一室时不可关门，突然间，门被打开了，一位负责道德检查的毛拉喊着“羞耻，罪恶！”冲了进来。只有一个方法能让我们不被枪决：结婚。毛拉在我们面前挥着一份临时婚姻（有效期四个月）证明书，我们必须在上面签字。结婚，但问题是伊朗翻译的西班牙妻子康斯薇洛根本没打算接受一夫多妻制，而我也不想嫁给任何人，尤其是一个有西班牙妻子的伊朗人，更不可能接受一夫多妻制。可是同时，我不想被枪毙，也不想失去采访霍梅尼的机会。我进退两难，反复挣扎着……[11]

“好吧，我嫁。就在这儿，我嫁给他。”或者更确切地说，我不得不签了毛拉一直在我们面前挥动的那张临时婚姻证明。否则我们会被枪决，采访霍梅尼的事也不用想了。但这场婚礼从未真正完成，我以我的名誉发誓。[12]

* * *

在那间破败的屋子中，披着一件棕色的羊毛外套，如雕像般一动不动地盘腿坐在蓝白相间垫子上的，正是伊朗的统治者、伊斯兰教的领袖：最神圣、最尊敬的鲁霍拉·霍梅尼阁下。

这是一位年迈之人，在他傲慢的外表之下，你能看出他的疏远、脆弱。再加上那份庄严，你会怀疑他真的只有对外宣称的八十岁吗？当然这只是一个大致的估算，因为连他自己也忘记了自己的生日。霍梅尼是我见过的老人中最好看的一位。他的脸像一件巧妙的雕塑，神情专注，深深的皱纹如同斧子开凿的一般，漂亮的鼻子上面是较常人高出许多的前额。他嘴唇很厚，微微噘起，像是在极力控制着内心的欲望。还有那坦率的、紧凑的，具有米开朗基罗风格的胡子。冷酷严厉的眉毛会让人带着焦急的情绪赶紧望向他的眼睛，但你看不见他的眼睛，因为他总是目光低垂，死死盯着地毯，仿佛想告诉我，我并不值得他的任何关注，或者说对我的任何关注都有损他的高贵与尊严。他的确是高贵与庄严的，这点毫无疑问。你无法想象他穿着短裤的样子，无法在他身上找到别的独裁者那样的滑稽与荒谬。相反，你能在他身上看到一种不明缘由的忧郁和悲伤，它们像疾病一样蚕食、折磨着他。然后你震惊地记录下观察他时产生的感觉：一种油然而生的敬意，一种无法解释的亲切感，一种让你自愧不如的巨大魅力。[13]

我采访了霍梅尼整整六个小时，没有受到来自他的任何伤害。但在采访之后，录制关于库姆的视频时，这个可怜的老人说了一些愚蠢之极的话。后来他因这个视频指责了我，因为我在视频中谴责他禁锢、蔑视女性。[14]

* * *

回到旅馆时已是深夜，白天太多的冒险带来的紧张情绪让我难以入眠，也勾起了那场突如其来的婚姻带给我的苦闷。于是我一边等待着黎明的到来，一边翻看着当地的蓝皮书，希望能找到一些凭据来质疑这次婚姻的有效性。然而我越看越发现希望渺茫。“与自己的母亲、姐妹或岳母结婚是有罪的。”关于离婚与解除婚姻的条款上这样说，但我并不是我丈夫的母亲、姐妹或岳母。“与姨母或姑母发生关系的人，不可娶她的女儿为妻。”这是接下来的内容，可惜不管他与他的某个姨母或姑母有没有上床，我都不可能是她的女儿。甚至禁止穆斯林娶异教徒为妻的戒律对我来说也不管用，因为条款随后写道：“穆斯林可与基督教徒或犹太教徒同居，也可娶其为第二位妻子。”唯一对我有利的，是关于贞洁的那段：“如果婚前丈夫要求妻子是处女，但婚后发现她不是，可解除婚姻。”但我的丈夫在婚前并没有提出这样的要求，而且我怀疑那位毛拉会表示反对。简而言之，我别无选择，只有之前考虑的那条脱身之计：承认我是精神病患者，而且腿脚有些问题。好的，明天我就会提供证明。

事情还得再往下说一些：当我激动地告诉伊朗翻译，我可以去市政府，告诉他们我有精神疾病而且腿脚不好时，他依然平静地开着车。

“没必要，证明书上没有我的签名。”

“你是说，我没有结婚?！”

“嗯，是这样，你还记得那位毛拉签字的时候吗？哎，其实你也算结婚了：他在匆忙中犯了个错误，在新郎签名的地方签了字。”

哦，上帝，我嫁给了一个毛拉。那个毛拉很有可能会为这个错误感到心满意足。这玩笑可开大了。如果我把这事儿说出去，谁会相信呢。

那是九月末一个美好的夜晚，一完成采访霍梅尼的艰巨任务，我便大大松了口气，也不再纠结于这些无用的苦闷。是，伊朗的某个村庄或城市里有我的一位毛拉丈夫，虽然我是他的临时妻子，但我们之间有夫妻关系这个事实会伴随我一生。这个讨厌的毛拉随时可能提出夫妻之间的要求，控告我通奸或是别的什么，但这总比被一个妒火中烧的西班牙妻子用刀捅死的好。总之我不必过于忧虑：几小时之内我将离开这里，我与他之间将远隔着大洲大洋。那么他是谁又有什么关系呢。[15]

我爱小说，但厌恶写作

我爱小说。我爱它，因为它能够带给你一个更为广阔的事实真相。它经过了重新创造，因而更具有普适性。它延续的时间更长，所有人都能在其中找到自己的影子。我爱小说，因为不同于普通的新闻报道，我无需在写作时束手束脚，而是可以尽情地创造，自由地在想象的花园中奔跑，就像一个六七岁的孩子，编造出一个个童话，然后把它们写在自己漂亮的本子上。我爱小说，因为它能给我充裕的时间让我把它写得尽善尽美，而无需担心有人不停地催促，“赶紧，法拉奇，赶紧写。”我爱小说，也一直渴望创作小说，这种渴望在我全身心投入新闻行业时也未曾中断。“嫁”给新闻，让我觉得对小说是一种背叛。于是有一天，我离开了这位满身缺点的丈夫，奔向我的真爱，奔向小说。

起初有些羞怯，之后便渐渐地更加坚定，我将自己奉献给了小说。后来我却发现，原来一个人可以如此厌恶自己所热爱的事物。

所以我也厌恶写作。我不知道别的作家会怎么说，但我要说的是，写作会偷走你的生活。它会偷走阳光，让你像坦塔洛斯[①]一样，看着窗外的阳光却无法触摸，因为你必须在桌边写作。那张该死的桌子，你已成了它的一部分，除了写作的手与手指，你的双腿，你身体其余的部分都逐渐萎缩。它会偷走陪伴，偷走你与人相处的欢愉，因为写作是孤身一人的事情。很少有职业像写作这样需要孤独：身体的、心理的、思想的孤独，残酷的、令人难以忍受的孤独。它还会偷走你的爱，因为在那样非人的孤独中，早已没有爱你之人或你爱之人的容身之处。你根本没有时间关心他们，给予他们要求的或你本该给予他们的关注：只要你在写作，你的爱情史中便只有面前的这本书了，而你的思想、情感和肉体也只能完全奉献给它。当一位作家正在创作一本书时，爱着他的人一定是不幸的。

---

① 希腊神话中宙斯的儿子。因偷窃神的酒食，并把自己的儿子剁成碎块宴请众神而在冥间受到惩罚。他站在没颈的水池里，口渴想喝水时，水就退去；他的头上有果树，肚子饿想吃果子时，却摘不到果子，永远忍受饥渴的折磨。

我厌恶写作。是的，我厌恶它。我不知道别的作家会怎么说，但我要说的是，写作是很辛苦的，需要克服巨大的困难。当然，我指的是写一本好书，一本真正意义上的书，而不是那种不知所谓的文字，它们唯一的作用就是让大片美丽的树林被徒然砍伐。一页文字看起来写得越流畅、越不费力时，就需要作者付出越多的辛勤与劳苦。这真是一种折磨，不是吗？每当我写书的时候，我与它共眠，连梦里也逃不开它。我梦见打字机上的按键，梦见我正在写的章节，梦见我不满意的对话和情节。我在梦中将它们重写，以致次日一早醒来时比入睡前更疲惫。没有节日、没有假期、没有周末，因为一旦停下便意味着麻烦，意味着专注力和思路的中断。写《男子汉》时就是如此，也许情况更严重。还有《给一个未出生孩子的信》，没有一本书例外。每一次我都会祈求医生们帮帮我，给我开一些药，让我不要在写作期间梦见那本正在创作的书，不要在梦里不断地修改它。然而每次医生们的回答都是："不可能，你这病无药可治。"在此期间，唯一能帮到我的医生是我的眼科医生。他给我配的眼镜越来越厚，因为长期写作让我的视力受到了严重损害。

柯莱特[1]对写作的艰辛十分了解。她说，写作与受虐无异，这是一项施于自身的罪行，应与别的罪行一样受到法律的制裁。然而我觉得不止如此：写作是一种狂热的状态，一种有致命危险的狂热。写作——再次强调，我指的是写出好的作品——是一种艺术，也许是所有艺术中最精致、最高贵的。它与我们的头脑、思想直接对话，所以从事之人需要被一种奋不顾身的狂热、一种被我形容为放纵的痴迷所保佑，甚至说是诅咒。这类人的意识与认知是感性的、冲动的，前苏格拉底哲学家们在此方面多有论述。同时，写作也要求我们遵循一定的规律，因为一部小说就如同一幢房子：想让房子站得住、立得稳，需要坚实的地基、稳固的承重墙以及精确的测量；同样的，你需要知道如何组织整个故事的结构。然后，在搭建整幢房子时，你要知道如何让它变得吸引人：这样人们才愿意走入其中、驻足流连而不感觉厌倦。令人厌倦的作家有麻烦了。我写作时会尽量不让人感到厌烦，会想方设法吸引、诱惑读者，让他们哭、让他们笑、让他们痛苦、让他们好奇，让他们时刻紧随着我的步伐。在写作中，狂热和理智相遇了。自发的激情和理智的计算相互依托，融

① 西多妮－加布里埃尔·柯莱特（Sidonie-Gabrielle Colette，1873—1954），法国著名作家，主要作品有《吉吉》《田间的麦穗》《动物对话》等。

合而成同一件事物、同一个故事。

麻烦在于这种规律是学不来的，对写作的狂热就更不可能了。也许那些在美国或德国大学教授写作技巧的老师们会对此表示反对，但不论对规律的理解和运用还是这份狂热，都是与生俱来的。就像一副好嗓音，要么有，要么没有，无法通过后天培养而获得。如果有，你可以发掘它、磨炼它，让它变得更加完美；如果没有，你什么也做不了。写小说也是如此。如果你写不了，即使荷马与莎士比亚在你耳边小声提供建议，想帮你写得更好，那也没用。说到这里，请让我来告诉你们，除了把故事写出来，并使它吸引人之外，什么叫好的写作。

好的写作应该是海明威说的那样：一页好的文章就如同一片雪地，没有坑洞、没有石块、没有那些让人磕磕绊绊的东西。你可以在上面尽情地滑行，不必担心跌倒、磕碰，或是误入迷途。我还要补充一句，这种好就像微风轻拂读者的双眼、听众的耳朵，让他们觉得自己被风裹挟着在天空中飞翔。我称其为文章的韵律，简而言之，音乐性。它们与诗歌字里行间中体现出的韵律和音乐性并无二致。谁说散文与诗歌是两回事，这根本不可能。然而随后你可能就要忍受译者对你如诗般优美的文章带来的破坏。作家总要面临翻译的难题：当读者们通过另外一种语言来阅读你的作品时，你永远无法知晓他们阅读的是你原汁原味的作品，还是被大肆破坏后的作品。承认吧：对于人类来说，最糟糕的事并非被逐出伊甸园，反正那大概也是个无聊至极的地方，而是失去那座给我们带来不同语言的巴别塔[①]。因此我十分羡慕画家与音乐家，他们完全没有语言的困扰。

我既不是疯子，也不是受虐狂，每写完一本书我都向自己发誓："这是最后一本，我再也不写书了。"然后有一段时间我会什么都不做，也许三年、四年，甚至五年。那段时间，出版商和读者总会问："什么时候出新书啊？什么时候？"我对他们的请求充耳不闻，也不做出任何回应，就像冬季在雪中冬眠的乌龟一样。不，我再也不写书了。然而总有积雪化尽、冬季结束的那一天。于是我醒了，忘却了之前的誓言，再一次成为狂热的俘虏，开始写另一本书。就像对爱情绝望的人，他们总会说："不，我再也不会恋爱了。"可随后依然会陷入爱情的圈套。或者说，更像那

①《圣经·旧约·创世记》故事中人们建造的塔。据记载，当时人类联合起来兴建希望能通往天堂的高塔；为了阻止人类的计划，上帝让人类说不同的语言，使人类相互之间不能沟通，计划因此失败，人类自此各散东西。

些瘾君子，即使下决心远离带给他们死亡的毒品，也终将会回到它们的怀抱。事实就是，再懒惰倦怠的作家，也无法离开写作。[16]

贝鲁特纪事

平时我不是一个轻易流泪的人，恰恰相反，很可惜，我从不哭泣。我也不是一个会被可怕的事物吓倒的人，毕竟这类事我见得太多了。然而每当亲历战火，我的眼里总是充满泪水，哽咽着，说不出话来。在贝鲁特[①]时便是如此。每一次，当沙龙[②]派出的军队从地面、天空，或海上轰炸贝鲁特时，天空变成红色、黑色，整个城市宛如地狱，我总是泪流满面，说不出话来。某个晚上，有人跟我说："太刺激了。我一直很好奇，希望至少能看到一次这样的场景。不得不承认，虽然这很不幸，但真是太刺激了。"我甚至做不到出言

① 黎巴嫩首都。

② 阿里埃勒·沙龙（Ariel Sharon，1928—2014），以色列前总理，此处指 1982 年 6 月 6 日其发动的第五次中东战争，即黎巴嫩战争。

教训他。事关战争，我无法理解“刺激”一词是什么意思，“好奇”也一样。第一次前往越南时，我也没有这种好奇。我知道什么是战争，从小就知道。和贝鲁特的孩子们一样，我从小学会了在轰炸中躲避着奔跑，学会了忍受令人惊恐的空袭、炮轰以及狙击手的冷枪，学会了忍受恐惧、毁灭、死亡和臭到令人窒息的尸体。我们在电视里看见的战争已经变成了与足球比赛无异的表演，而我从二战中学到，亲身经历战争与看电视完全是两回事。作为一名成年人，我也知道了什么是屠杀。[17]

在贝鲁特，贝鲁特的西部，我深受触动：满眼是严重破坏的城市，支离破碎的尸体，能闻到尸体令人窒息的臭气……我的眼睛湿润了，喉头哽咽，却不知如何哭泣。[18]

任何人都可能开枪，任何人也都可能成为射击的目标。所有组织或者小团体的成员都有卡拉什尼科夫冲锋枪、M16 系列自动步枪或 RPG 火箭筒。他们把武器背在身后，就像普通人在雨天背着一把伞，然后在你意想不到的时候：嗒嗒嗒，砰！也许只是为了活动活动手指，他们可能杀掉任何一个偶然看到的人：正在过马路的老人，在庭院中玩耍的孩童，也有可能是在母亲怀抱中安睡的婴儿。反正弹药不会短缺。武器来自世界各地，港口里有往码头卸货的轮船，海湾中总有往沙滩上卸货的小船，而且要价极低。我们的天父和阿拉真主，请赐予我们每天使用的7.62毫米、5.56毫米枪弹和炸弹吧，请不要让我们渴望和平，把我们从善良中解放出来吧，阿门。在这里，你不必幻想所谓的理解。因为理解的过程需要起码的逻辑，而逻辑这种东西不属于这里。

在去贝鲁特之前，我就知道自己不会喜欢那里的任何人：以色列人、黎巴嫩人、巴勒斯坦解放组织里的巴勒斯坦人，还有西方人。二战后，正是我们西方人的各种行为导致了这种可怕的混乱局面；而如今，也是我们西方人用自己的伪善和犬儒主义思想让这里的混乱局面愈演愈烈。[19]

作为一名战地记者，我报道过近年来的绝大部分战争。我在八年的时间里多次往返前线报道了越南战争，亲历了印巴战争，去过孟加拉地区，经历过中东冲突，吉哈德[①]位于约旦的秘密基地被扫除之前我也曾去过，更不必说那些发生在拉丁美洲和其他地区的大大小小的暴乱和冲突。每一次，我都对自己所面对的一切感到无比憎恶。正如在越南的达喀图，一名美军上尉在带领士兵加入争夺1383高地的战斗前曾对我说的那样："每一次都是新的一次，每一次都更糟糕，因为我更清楚即将面对的是什么。"[20]

* * *

谁说战地记者是男人的工作？之所以有人这么说，只是因为在大部分情况下参战的是男人而已。但事实也不总是如此，比如圣女贞德就是女人。尤其在我亲历时间最长的那场战争——越南战争中，就有许多女人参与其中，而她们都是出色的、非凡的士兵。记得某个下午，我随一队美国士兵前往中央高地执行巡逻任务，他们的队长对我说："希望不要碰见那些姑娘们。"我说，姑娘？"是啊，那些越共的女孩，

① 即巴勒斯坦伊斯兰圣战组织，成立于20世纪70年代末，目标是通过"圣战"消灭以色列，在巴勒斯坦建立伊斯兰国家，并逐步推动重建统一的伊斯兰世界。

她们是最勇敢、最危险的，她们可吓得我要命。”既然女人能参加战争，那我看不出女人不能报道战争的理由。[21]

* * *

有的战地记者喜欢报道战争。他们在那里行动自如，甚至可以用优雅来形容：头盔戴着很合适，防弹衣也很好，有时必须穿着的军队制服也不赖。可我不行。我受不了那些制服，防弹衣很不舒服也很讨厌，因为它太重了，限制行动，另外我觉得自己戴着头盔的样子也很滑稽。但相较于头盔、防弹衣和制服，我更讨厌战争中痛苦的景象。我讨厌死亡。[22]

指责我的人很多，其中有一部分人谴责我热爱战争。虽然这么说让我倍感不适，但我必须承认：战争有一种特殊的吸引力。对此我无须隐瞒，我在《印沙安拉》（*Insciallah*，1990）这本书中通过一个叫皮斯托亚的人物说了出来。当人们活着走出一场战争、一次冲突时，总能感受到生的意义，而这种感觉，比生命的任何一刻都要强烈。战争确实一直让我感兴趣，因为我是在战争中长大的。儿时，我看见的只有战争，我听见的只有人们对战争的议论。所以长大后，我选择回归战争，选择更深入地了解战争。随着了解的不断加深，我理所当然地对战争愈加憎恨。虽然不总是，但我确实经常会因为过去的经历和感受而在写作当中涉及战争，涉及其间林林总总的故事。关于这点，我在《印沙安拉》中也通过其中的一个人物表现了出来。这位教授一直致力于写这样的一本书，但他注定写不出来，因为他只是一个虚构人物罢了，这本书最终将由一名被我称为西贡记者的女性完成。教授想写一本关于战争的书，他在给妻子的信中解释说：没有什么比战争更能揭露人性，没有什么能像它一样，对比鲜明地体现出人类的美好与丑陋、智慧和愚蠢，没有什么比它更能显示出人类的残暴，以及种种我们难以理解的事。[23]

如果一个真正的士兵说他厌恶战争，那么他一定是在自我欺骗。其实他深爱着战争，这并不是说他是一个特别邪恶、嗜杀成性的人，而是因为他热爱战争本身所带来的生机与活力（尽管这看上去很矛盾）。战争，它意味着活力、挑战、神秘与孤注一掷。在名为“和平”的喜剧舞台上，“神秘”是不可能存在的。你早已知晓这出戏由几幕构成，第一幕之后你将看到第二幕，第二幕之后是第三幕：

你只是不知道这个故事的过程与结局。然而在名为“战争”的悲剧舞台上，你永远不知道接下来会发生什么。你不仅是观众，也是演员，你想知道自己能否看见第一幕的结尾。第二幕？可能吧。第三幕？希望如此。未来只是一种假设。你随时可能在战争中受伤，也随时可能死去，就如同你的角色从演员表中删除，或是你起身离开观众席。在那里，一切都是未知，一切都会让你紧张地屏住呼吸。但正因为如此，你会为这恼人的活力而激动、颤抖。在战争中，你的双眼会更加专注，你的感官更加警觉，你的思路也会更加清晰。你能发现任何蛛丝马迹，察觉每一种气味、每一个声音、每一样味道。只要你足够聪明，在这里你对存在的研究可以胜过任何一位哲学家；你对人心的探寻也可以胜过任何一位心理学家，因为在这里，你会比在和平时期、和平国度对其产生更加透彻、深入的理解。假如你是一名猎手、一名赌徒，你一定乐在其中，这种兴奋是你在任何一片丛林、冰原或任何一张轮盘赌的桌边都体会不到的。因为这场令人发指的战争游戏是我们任何人都从未经历过的狩猎、挑战和孤注一掷：它是对人性的狩猎，对死亡的挑战，以及赌上生命的孤注一掷。[24]

* * *

我认为《印沙安拉》是一部成熟的作品。正如书中教授所说的那样，这是一本关于人性和人类的书，关于他们的美好、丑陋、智慧、愚昧、勇气和对他们的种种不解之处，我尝试了并且认为自己也做到了把到当时为止自认为所了解的一切都写到了这本书里。这也是一部尽力抹除死亡之痕迹的作品。我厌恶死亡，没有人像我一样热爱生命。我热爱生活，享受生活，庆幸自己能够来到这个世上。即使在最不幸的时候，我也一直这么认为。我的观点和安娜·麦兰妮①一样，某一天她对我说："奥莉娅娜，从出生的那刻起我们就在不可避免地走向死亡，这太不公平了。"在这本书里，有试图通过发现生命的法则以反驳死亡法则的安杰洛，有找到自己生存之道的尼内蒂，通过那些为了活下来而奋力挣扎的人，我在书中尽力抹除死亡的痕迹，妄图宣布死亡并不存在。[25]

① 安娜·麦兰妮（Anna Magnani，1908—1973），生于埃及亚历山大城，意大利早期女影星，代表作《罗马，不设防的城市》《玫瑰纹身》。

谢谢你，爸爸！

“不要忘记，你们的父亲是一位艺术家。”父亲去世前不久，母亲在给我们的信中写道。从最广泛的意义上来说，的确如此，不仅因为他有出众的木工设计和制作能力，还有许多其他原因。他是一位严格的自由意志论者，严厉谴责任何出卖自由的行为；他是一位正直的公民，不仅主张享受权利，也呼吁履行义务，我们时常能听见他抱怨：“现在的人过多地谈论权利，却不怎么谈论义务。”他是一位坚定的民主主义者，宽容对待最痛恨的对手，以文明的态度抵制社会或个人陋习。他反对投机取巧，鄙视一切妥协、虚伪与狂热之举。他是一位不追求权力与功绩的智者，从不渴望财富与声望。事实上，他一直靠微薄的工资和退休金生活，这个微不足道却又十分伟大的人，在无知之人的眼里不过是芸芸众生中再普通不过的一个：一个一文不值，或无足轻重的人。

他不愿违背内心，也不愿出卖理想。曾经，某政治阶层背叛了他的抱负与理想，父亲大失所望，于是他选择成为又一个辛辛纳图斯，骄傲地退隐到他热爱的山林与鲜花之间，以图得到遥不可及的安宁。他搬到基安蒂地区格里弗的乡下，并一直留在那里：他的身边只有属于他的猫、狗、蜜蜂、鹅、小山羊、鸽子、兔子、小鸡。他从不杀生，所以它们也得以与他一同慢慢老去，父亲像尊重人一样尊重它们。“动物，”父亲总是说，“它们比人好，起码它们能给予你更多的陪伴。”（谁又能否认这一点呢。）但在高傲的隐居生活中，父亲又时刻关注外界事态的发展，关注那些违背了他的抱负与理想的人们所犯下的错误。他的消息并不闭塞，随时准备发表自己直白而又有远见的看法。父亲把当时的政界称作“捞油水的地方”，他虽然以讥讽的态度抨击其中的团体，心中却并不怀有恶意。哈！我的老爸，他可不知道什么叫作委婉的表达。像我一样了解他的烦恼、苦闷的人都明白这一点。久而久之，再也无法忍受的父亲于一九七八年用一封言辞激烈的信与意大利社会党划清界限。在信的开头他这样写道：“我是爱德华多·法拉奇，现年七十四岁，党龄五十四年。这是我的退党信，迫使我做出这项选择的原因如下……”

父亲离世时充满了勇气与尊严，与活着时一样。疾病杀死了他，这是唯一能使他屈服、唯一能摧毁他的敌人，而父亲在与它的搏斗中去世了。在漫长的许多个月，以及极度痛苦的最后几个星期里，父亲顽强地与其抗争，就像对抗马里奥·卡利塔手下的狱吏，就像对抗任何宗教、政治派别的法西斯分子。然而这一次，他失败了。原因并不在于他已八十四岁高龄（他是一个身体强健的老人，不久前还能灵活地爬上橄榄树，若非疾病，他能活得更长久），而是因为杀死他的疾病对他来说太过强大。但他虽败犹荣：高昂着头，一言不发，像一位真正的英雄。他从未有过只言片语的抱怨，从来没有。他也从未停止过抗争，从未让这个敌人感到片刻的满足，直到最后一刻。上周日中午，他死在了我的怀里。临死前，我对他说：“爸爸，你真是个勇敢的人！了不起的人！”[26]

第五部分

PARTE QUINTA

×

严峻的考验

×

PROVA DEL FUOCO

未来与过去

我准备好写《一顶装满樱桃的帽子》（*Un cappello pieno di ciliege*，2008）这本书了。从有这个想法开始已经过去至少二十年（或许三十年）了，之所以迟迟未曾动笔，是因为我觉得时机尚未成熟。这本书里有我的家庭、我的童年和少年时光。我已经开始写作的准备工作，并为之投入了所有的关注和精力。它现在就是我的人生目标，不，也许我应该说：是它让我活着，留在这个世界上。[1]

这本书记叙的内容始于一七〇〇年，止于一九四四年，中间跳过了一些时间点。[2]

一个感觉到死亡迫近的女人追忆着她的童年、少年，甚至她为何来到这个世界。她翻遍自己的记忆，搜寻她几乎一无所知的过去，仿佛试图向自己解释生命的奥秘，她为何出生，又因谁而来到这个世界。她从未问过这些往事。关于它们，她只保留着从已故父母那儿听到的零星片段，或许他们并不情愿告诉她。别的亲人也都去世了，叔伯、姑姑、祖父母、外祖父母。再也没有人能够满足她的好奇心，于是她只能像海难幸存者攀着浮木那般紧紧抓住这些记忆的碎片，用自己的想象丰富它们、延伸它们，并从中挖掘出精彩的故事。[3]

我是个慢吞吞、啰嗦、总也不满意的写作者。在写这本书时，我遇到了前所未有的困难。因为书中牵涉到许多历史事件和具体的研究，不容有任何的轻率与错误。[4]

在调查中我发现我的家族历史中充满了混乱与痛苦，我的族人中不乏农民、水手、平民和在饥饿中痛苦离世的人。当然其中也有贵族，我想我的高傲正是源于他们吧。[5]

* * *

现在，我的未来没有多长了。时间像沙漏中的沙粒，从我手中无情地流走。我经常回忆我过去的生活：我为何而生，为何沉浮于世间，又是谁或是什么事让我的先人们相遇相知，并最终在那个遥远的夏日创造了我。我在过去中寻找这些问题的答案，以期死去时可以了无遗憾。我知道，早已有许多人思索过“为何而生”这个问题，却一直徒劳无功。答案属于一个叫作“生命”的谜题，若是我想装作找到了它，就必须援用“上帝”的观点。这个权宜之计绝非我能够理解或接受的。我还知道，剩下的答案隐藏在过去的记忆之中，隐藏在陪伴我成长的那些人、那些事之中。通过不断地探寻过去，那些属于我少年、童年，甚至是出生时的声音与影像，最终被我发掘了出来。少年时期的记忆清晰而完整：战争、恐惧、饥饿、苦难，与大人们并肩同敌人战斗的骄傲，以及由此造成的永远无法痊愈的伤痛。童年时期的往事我也能想起不少：寂静、束缚、贫困，一个不屈不挠、投身反对专制斗争的家庭的不幸遭遇，那时的生活没有快乐，所谓的无忧无虑更是无从谈起。而出生时的情景，我似乎能想起每一个细节：取代了黑暗的刺眼灯光、刚接触空气时困难的呼吸、发现自己不再独自一人待在羊水中的惊讶，以及周围许许多多的陌生面孔。还有我在一幅壁画下受洗时的场景：画上一对浑身赤裸的男女只用一片无花果的叶子遮掩自己的下腹，神情痛苦面容扭曲地离开了一片生机盎然的苹果园。这是亚当和夏娃被驱逐出伊甸园的故事，是马萨乔为佛罗伦萨卡尔米内教堂画的壁画。[6]

在纽约的生活与写作

即使我现在没有将自己这样封闭起来，集中精力写作，我也不会称赞这座城市的美丽，尤其是那条我不知道倒了什么霉才会住进去的街道。62街也许还好一些，但61街绝对是纽约市政管理的耻辱，对于居住在这里的人来说亦是如此。那些所谓的高档豪华车一天二十四小时停在这里，音响开到最大，用我最无法忍受的方式干扰我的工作。那些人就在我的窗下聊天，在我屋外的人行道和一楼入口处丢满了各式各样的垃圾：空纸杯、残留着食物的食品包装纸、香蕉皮、旧报纸。最要命的是，他们在各种瓶瓶罐罐里撒尿，然后就把它们扔在那里！！！

我用尽了一切办法来保护自己不受这种令人作呕的现实状况的影响。我找过我的律师、朋友、熟人，也给交通部门、卫生部门、警局、市长办公室写过信，在将近一年的时间里，我一直与市长的一位得力助手保持着联系。然而这一切都徒劳无功。这种情况自八十年代起便一直如此，吵闹的豪华轿车和腐败的市政当局让那些有志于将这些混蛋赶出街道的人（这些人数量极少）步履维艰。豪车的司机们大多有前科，有一次，他们中的一个甚至用刀威胁试图帮助我的警察。此后，我收到的建议都是不要和他们发生争吵。“他们十分危险。”

确实如此。去年九月，我发现一个家伙在我家的栅栏门前丢垃圾。当时我火冒三丈，质问他为什么要这样做，还把垃圾丢了回去。一分钟之后，栅栏门前几乎成了垃圾场，而且从那以后便一直如此。然而问题远不止如此，还有一些没教养的家伙会打开垃圾袋，翻找易拉罐等物品，导致袋子破裂，里面的垃圾撒得人行道上到处都是。还有那些在我门前排便的狗（一周前我甚至踩到了一堆留在台阶上的粪便）。有时候狗主人会用纸清理宠物的粪便，但随后我就能在花坛里发现这些纸团，正等着与植物们一起接受浇灌……

不，纽约根本无益于我的艺术创作，这条街尤甚，它每日都用暴力扼杀着我的创造力。贝鲁特、大马士革或加尔各答都比这里好。而我选择继续留在这里，忍受着此般噩梦，是因为我认为自己陷入了一个恶性循环中。换句话说，我无法承受搬家或换个地方写作带来的后果，比如搬去文明的佛罗伦萨。那意味着我至少要搬走一大箱与写作有关的文件和书籍，还要面对写作中断后难以继续的风险。如此一来，这本书终将以失败告终。[7]

入侵者

这种关系就像战争中敌对双方之间的关系。他想杀了我，而我也想杀了他。我之所以用“他”，是因为我无法将他当作物体或抽象之物对待。对于我来说，他是一个活物，一个来自于其他星球的生物，一个侵入我的身体并且想要摧毁它的入侵者。

在与他的斗争中，我主要用我的思想。[8]

我总是开诚布公地与所有人谈论他。我这么做是为了打破他第一次入侵我的身体时我意识到的禁忌，当时，我的外科医生说：“给您一个建议吧，不要与任何人谈论您的病。”我十分震惊，也很受伤，连反驳他的气力都没有：“您在胡说什么？得癌症不是我的错，也不是耻辱！这又不是什么会传染的病，所以也完全不必难堪。”接下来的几个星期，我一直在思索外科医生说的那句话到底是什么意思。然后我终于明白了。如果我告诉别人我得了癌症，他们看我的眼神就好像我得了曼佐尼笔下《约婚夫妇》中的瘟疫一样，或者好像我已经死了。他们恐惧、不安，带着近乎敌意的态度，有的人甚至会断绝与我的往来。我的意思是：他们会消失，当我想去找他们的时候，他们是不会让我如意的。就是在那时，我想到了“入侵者”这个词。[9]

当我意识到我之所以感到不适，甚至遭受难以忍受的疼痛是因为得了癌症时，我正在将《印沙安拉》翻译，或者说重译成英语。我已经完成了法语译本的重译，因为之前的版本实在惨不忍睹。而现在我重译英语译本，是因为之前的版本居然比法语版还要糟糕。于是我陷入了苦闷的两难困境：放下翻译工作立刻去找医生，他肯定会跟我说：“女士，您必须明天一早就接受手术。”然后眼看着毫无耐心的出版商出版某个无能译者的糟糕翻译。或者先完成翻译的工作，然后再接受手术。经过一个漫长而烦闷的晚上，我选择了第二个方案。

手术之后，我立刻请求医生们让我看看他，我说："把他带到这儿来，我要当面见见这个混蛋。"他们把他带来时我有点儿惊讶，一眼看去，他就像一颗石头小球，毫无恶意，甚至还有些讨人喜欢。但我并没有把他当作一个简单的石球看待，而是当作一条活生生的生命，一个侵入了我的身体，准备毁掉我的入侵者。几天之后，我从显微镜里再次看见了他。我发现了他擅长的，是在增殖细胞的同时一步步入侵人类的身体。这时我才明白自己有了一个要与之斗争的敌人。他想毁了我，我也想杀了他。

除了敌对的关系，我们之间还有挑衅，思想上的挑衅，因为我和他之间存在着一种无声的对话。当我点燃一支烟时，我觉得我在挑衅他，嘿，你这个丑陋的混蛋，看我喷你一脸烟。我们之间并不存在谁畏惧谁的关系。说这句话时我自己也很惊讶，因为恐惧自然是合情合理的，甚至还有益健康。然而发现他的存在时，我并没有感到恐惧。我只在手术之前恐惧，因为我担心医生们会切掉我身体的一部分。就像我在战争中恐惧会失去一条胳膊、一条腿，失去我的视力。相比死亡，我更害怕自己变得残缺不全。有时我心怀昂扬的斗志，有时却十分悲伤，几乎想要放弃。比如奥黛丽·赫本去世的时候，我感觉糟透了，也许是因为我认识她，也许是因为我们年岁相仿，也可能是因为她多次接受手术的时间与我相近。这份悲伤持续了数日，但最终我克服了它。斗志以一种非常健康的方式回到了我的身边，我开始考虑写下一本书。[10]

* * *

我并不打算再写一本关于我们、关于伊斯兰的书。中断前一部小说的写作让我焦虑不已，所以一开始我只是打算在《愤怒与骄傲》的跋中对此稍加叙述。然而后来将其写成独立作品的欲望逐渐占了上风，用一个更深入的话题丰富它的想法在我心中变成了一个必须履行的义务。于是《理性的力量》（*La Forza della Ragione*，2004）在我的手中诞生了。写这本书时，我就像个怀孕的女人，一心考虑、在乎的只有腹中的胎儿。是的，我感觉到那个入侵者已经在我的身体里苏醒。我一边写作一边止不住地咳嗽，严重的干咳，和几个月前带走我父亲的肺癌症状十分相像。但我没有急匆匆前往波士顿，也没有去找纽约的医生，而是继续我的写作。如果我这么做，他们一定会告诉我癌症复发了，然后给我动手术。如果接受手术，我的“妊娠”过程便结束了，只能面对“流产”的结果。当时我就像一个要在自己和孩子的生命之间做出选择的女人。而我选择了后者。

但我的头脑依然十分清楚。对我来说，“健全的精神寓于健全的身体”[①] 这句格言变成了“健全的精神寓于脆弱的身体”。因为我像以前一样思考、写作、战斗，甚至比以前的状态还要好，仿佛我的思想已经完全独立于我的肉体之外，又像是肉体的极度虚弱使得思想日渐强大。这真是一个有趣的现象。医生们应该研究一下，看看神经系统和疾病之间是否存在着某种类似竞争的关系，并提出这样的问题：人的大脑能够控制一群发了疯的细胞吗？人的精神能够抵抗、阻碍死亡并推迟它的到来吗？我认为答案是肯定的。我认为灵魂类似于一个化学式，并非一个随意的行为。也许这个化学式里包含某种抗体，它在拒绝身体被一群疯子般的细胞奴役时，也使得我对它们有了某种免疫力。[11]

总之，一切都无法让我屈服。它们不能阻止我继续工作，也不能阻止我为祖国战斗。工作、战斗，这两者对于我

① 语出古罗马诗人尤维纳利斯，代表作《讽刺诗》。

来说是同一件事，只要我还活着，就不会停下。我在二战的抵抗运动中经受锤炼，我的父母、祖父母、曾祖父母、高祖父母都曾为自由而不懈斗争。这并非夸张，这是事实。[12]

信奉基督教的无神论者

我无法理解那些信仰上帝的人。当时我非常年轻，是的，但已善于思索。那时我只有十二岁，我发现人们跟我说的不过是一个童话，上帝其实并不存在。此后我便一直保持着这样的观点。生活于我并不容易，甚至可以说十分艰难。死亡不断威胁着我，我有许多次距离它只有一步之遥。比如战争可能导致的暴亡，比如疾病带来的死亡。但我仍没有改变最初想法，也没有试图祈求上帝的垂怜：即使在生死攸关的时刻也没有，从来没有。所以我完全无法理解信仰何以产生如此狂热的力量。[13]

既然我还活着，便永远无法摆脱那些满脸愁容的天使。那些大理石、黄铜、木头或画布之上的天使，通过绘制或雕刻，被定在了鼓起双腮，吹奏号角的那一刻。那些或忧郁，或痛苦，抑或愤怒的圣徒们，他们殉教时最可怕的一幕被描绘下来：脖子被箭射中的圣塞巴斯蒂安，双眼放在托盘上的圣·露西亚。还有那些身着蓝白服饰，总是以给童子耶稣哺乳形象出现的圣母玛利亚们，那些赤身裸体被钉在十字架上，或者穿着衣服，但左手拿着一颗心脏的耶稣们。我仍记得自己还是个孩子时去教堂的情形：那里潮湿阴冷，我的周围充斥着汗臭味、焚香味和忏悔的人们嘀嘀咕咕的声音。神父让他们念三十遍《主祷文》，四十遍《万福玛利亚》和五十遍《又圣母经》，以祈求上帝的原谅。真是太丢脸了，我仿佛被那些圣徒、天使、耶稣、圣母组成的噩梦魇着一般，停下来呆呆地盯着那颗心、那双眼睛。耶稣怎么能剖出自己的心拿在手中？圣·露西亚又怎么能挖出自己的双眼放在托盘之上？我觉得自己像被邪教迷惑了，仿佛千斤的重担要将我压得粉碎。于是我跑向圣坛，跪倒在蜡烛、饰带、宝石、珍贵的织物和闪闪发光的金银圣器之下。啊，还有那些鲜花，我多么想偷走它们，送给我的母亲。我跪在那里，努力让自己相信那些美好的传说，和周围的人一样念念有词：《主祷文》《万福玛利亚》《又圣母经》，以及《安息经》。我假装对用七天的时间创造了世界的上帝心怀感激：他先创造了海洋，然后依次是植物、动物、男人、女人。然而总有那么一刻，我会再次怀疑这个伟大的魔法。随之而来的还有害怕，害怕被惩罚，害怕跌落地狱忍受烈火的焚烧。我的手在出汗，膝盖在颤抖：原谅我吧，上帝，不过你是如何在七天之内创造出一切的，你是怎么做到的呢？在这样的困惑中，我茫然不知所措。我从未把这件事告诉任何人，我总是缺乏勇气。于是我在恐惧中长大：我惧怕天使、圣徒、圣母玛利亚、童子耶稣和钉在十字架上的耶稣，我惧怕天堂、地狱、炼狱，惧怕那些被称为“善”与“恶”的东西。它们如重担一样紧紧压在我的身上，当我努力想要摆脱它们时，它们就像指甲，再怎么剪，也会不断地生长、生长，直到我死去的那一天。每个人不都是这样吗？[14]

我是一位“信奉基督教的无神论者”。我并不信仰人们口中的那位上帝。从意识到这点的那一天起（很早以前，当我还是个小女孩时，就开始为“上帝是否存在”这个两难困境而烦恼痛苦了），我便相信是人创造了上帝，而非上帝创造了人。我认为人们因为孤独、无力和绝望而创造了上帝。也就是说，为了解释存在的奥秘，也为了解答生活抛在我们面前的无解难题……我们是谁，从哪里来，到哪里去，在我们人类和这些无数沿着精确轨道在宇宙中运行的天体诞生之前，到底有什么；在现在的世界灭亡之后，又会有什么……我认为人们创造上帝是出于软弱，出于对生与死的恐惧。活着十分不易，死亡也总让人悲伤，而上帝能带给我们无限的宽慰，帮助我们面对这两件事：对此我十分了解。事实上，我羡慕那些信仰上帝的人，有时我甚至嫉妒他们，但我从未因此怀疑过我的观点。我未曾寄希望于上帝存在，因为在这世间万物、芸芸众生之中，我并不认为他有时间、有方法能够找到我、关照我。所以，我只能靠自己了。然而这些似乎还不够，还有那些令我难以忍受的教会，它们的教条、它们的礼拜仪式、它们所谓的神权以及现实中的权力。我也不喜欢那些神父，即使他们充满智慧，也没做过什么坏事，我还是无法忽略他们为教会服务：总有那么一刻，过时的反教权思想重新在我的心中浮现。那一刻，我对着外祖父的亡灵微笑。这位十九世纪的无政府主义者曾唱道："让我们用教士的肠子绞死那些国王。"然而我还是得说，我是一名基督徒。

我是一名基督徒，尽管我拒绝接受绝大部分的教规教条，比如在挨打时送上另半边脸，比如所谓的宽恕（这是错的，因为这只会助长邪恶气势，而我永远不会犯这种错误）；我是一名基督徒，因为我喜欢它最早期的教义，并为之信服。我发现它们与我的无神论和世俗主义竟毫无冲突之处，这令我很着迷。我所指的“早期教义”，它的发表者是拿撒勒[①]的耶稣，而不是被天主教和新教教会加工、曲解甚至背叛的耶稣。这些言论超越了形而上学，专注于人类本身；它们承认自由意志，要求人们有自我认知，从而对自身的行为负责，成为自己命运的主人。在这些言论里，我看见了对理性和思考的赞美。凡有思考，便有选择；凡有选择，便存在自由。因此，我在这里又看见了对自由的颂歌。这是一种超越，超越了人们因为孤独、无力、绝望、软弱以及对生与死的恐惧而创造的上帝。[15]

① 以色列北部城市，传说中耶稣基督的故乡，福音书中记载他的父母圣母玛利亚和圣约瑟住在这里。

9·11 事件

城市变成了一座墓园。所有的街道就像电影《最后的沙滩》中一样空荡荡的。城中令人难以容忍的喧嚣声不复存在，纽约成了一个冰封的世界。不，也许更确切地说，是坟墓。到处都关了，大桥、隧道、办公室。开着的只有医院，还有停尸房。我相信死去的人一定不少。一万，这是传言的数字，其实如果人数少于五千我反而会惊讶。

啊，多么希望我是罗伯斯庇尔[①]！至少这个总是身着红色的男人能够亲手割下敌人的脑袋……[16]

如果说有时我写的文章是历史长河中的一滴眼泪，那么这几天我写的就是一场止不住的哭嚎。它记录了那些活着的

① 罗伯斯庇尔（Robespierre，1758—1794），法国大革命时期政治家。

人，死去的人。以及那些虽然死去，却仍然活在我们心中的人。

灾难发生的前一天，我关心的完全是另外一件事情：当时我正在全身心地写作《一顶装满樱桃的帽子》。我把这部小说称为“我的孩子”，其中牵涉内容繁多，十分耗时耗力，但我从未放弃。最多也只是中止几个月，以便在医院里休养身体，或是在档案馆、图书馆查找写作需要的资料。这是一个十分苛刻、挑剔的孩子，怀胎的过程便持续了我成年之后的大部分时间；他的诞生是由于一场最终会杀死我的疾病；我不知道何时才能听见他的第一声啼哭。也许等我死后。(为什么不呢？死后出版作品有一个很大的好处，可以让你不必面对那些愚蠢、无耻的言论。说这些话的人完全不懂写作，也没有写过一篇小说，却偏要自以为是地评论、甚至批评构思并写出小说的人。)

当时我正在位于曼哈顿中心的家中。快到九点时，我感到一种莫名的危险。这种危险也许并不会波及到我，但必然与我有关。就是那种在战争中，或者更确切地说，在一场战斗中会出现的预感，你身上的每一个毛孔似乎都能感觉到子弹或炮弹的迫近，你仔细倾听周遭的动静，对着周围的人大喊：“趴下，快趴下！”然而当时我并没有理会这种预感。我不在越南，也不在那些自二战以来就一直折磨我灵魂的该死的战争中。我在纽约，在九月的一个美妙的早晨。二〇〇一年九月十一日的早晨。但这种奇怪的感觉一直困扰着我。于是我干了一件从未在早上干过的事：我打开了电视。电视没有声音，只有画面。这里能收到约一百个频道，但在每一个频道上，我都看见世贸中心的一座塔楼从八十层开始往上熊熊燃烧，像一根巨大的火柴。是电路短路？是一架驾驶不慎的小型飞机？还是一次有针对性的恐怖行为？正当我呆呆地盯着电视，脑海中不断盘旋着这三个问题时，电视屏幕上出现了一架飞机。一架白色的大型客机。它飞得很低，如轰炸机对着目标一般，朝另一座塔楼直直地扑了过去。我明白了。我是说，我明白了这是一架自杀式袭击的飞机，世贸中心的第一座塔楼一定也遭遇了同样的事情。正当这时，电视的声音响了，一群人撕心裂肺的声音不断地传出来：“天啊！哦，天啊！哦，不，天啊！！！上帝啊，我的上帝啊！！！”白色的飞机一头扎进了第二座塔楼，如同一把插进黄油的刀。

那个九月十一日的早晨，我想的全是笔下孕育的孩子，为了克服心灵创伤，我对自己说："我必须忘了刚才发生，以及现在正在发生的一切。我得照顾好他，这就够了。否则我一定会失去他的。"于是我咬着牙，坐回写字台边，拿起前一天所写的内容，试图把精神都集中在小说中的人物上，他们身处的世界距离我们那么遥远，那个年代没有飞机，也没有摩天大楼……但这样的状态并没有持续多久。死亡的气息穿过门窗悄然而至，空空荡荡的街道上不知从何处传来救护车惹人心烦的嘶鸣，我在焦虑和慌乱中忘记关上的电视屏幕闪烁着，重复播放着一幕幕我试图忘记的画面。忽然间，我站起身走出家门。我想找一辆出租车，却根本不见它们的踪影，于是我徒步向不复存在的世贸双塔走去……

在那之后，我不知道该做些什么，该怎样才能帮得上忙。就在想着"该做什么，该做什么"时，我在电视里看见一群疯狂的巴勒斯坦人欢呼着胜利，赞美着这场惨剧。之后，又有人告诉我，在意大利也有为数不少的人和这些巴勒斯坦人一样，嘲笑美国，认为他们活该如此。我像一位扑向敌人的战士一样冲向我的打字机，开始做我唯一能做的一件事：写作。我思索着，写下一些笔记，很多地方都杂乱无章：想法、观点、回忆、痛斥，漫无边际，从美国到意大利，从意大利到那些伊斯兰国家，又从伊斯兰国家回到美国。多年来，我想着："人们惯爱装聋作哑，他们不会听的，也不想听"，便把一些想法深深锁在我的心里、脑海里。然而现在，它们却像瀑布一般喷涌而出，像止不住的眼泪，倾泻于我的稿纸之上。[17]

* * *

谈起《愤怒与骄傲》，我几乎感到有些厌恶，它意料之外的成功给我带来了困扰，纠缠着我，阻碍我回到原先那部小说的创作上。

《愤怒与骄傲》的确给我带来了声望与荣耀，但同时也招致了仇恨、威胁，更不用说那些精神上的压迫和折磨（比如我总能接到一些电话，内容无非是："我们知道你一直躲在家里，但是我们一样能抓到你。"）。[18]

醒醒吧，西方世界的人们，醒醒！[19]

我的爱国心

当看见肤色不同的人相拥而泣，共和党人和民主党人相互搂着肩高歌时，我说："啊，上帝保佑美国。"当我看见他们摒弃所有的分歧时，我万分惊讶。那时，我听见比尔·克林顿（我从来不喜欢此人）宣称："让我们牢牢团结在布什的周围，请相信我们的总统"[①]；那时，我听见克林顿的妻子、现任纽约州联邦参议员希拉里坚定地说出了同样的话；那时，我听见民主党人、前副总统候选人利伯曼也如此说道（他只在竞选输给戈尔时，惨白着脸没有说话）。还有，当国会一致投票通过发动战争、惩罚那些有罪责的人时[②]，他们也这么说。我还发现美国人的格言是一句拉丁语"Ex pluribus

① 克林顿是民主党人，而布什为共和党人。

② 指 9·11 事件之后的阿富汗战争。

unum”，意为“合众为一”。总而言之，要团结、统一。当我得知美国的孩子们在学校高声朗诵这句格言，就像我们意大利的孩子诵读《主祷文》后，我甚至被深深地感动。啊，多么希望意大利能从中吸取经验教训。意大利，这个国家是如此四分五裂，如此崇尚宗派主义，被部族主义所荼毒！在意大利，即使是同一个党派的人之间也充满了仇恨。相同的党徽、相同的标志并不能让他们和平共处。他们嫉妒、暴躁、虚荣、狭隘，只在乎自身的利益。为了职业生涯和所谓的名望、声誉，为了一己私利，他们可以相互作对、欺骗、指责、诽谤……我敢肯定，如果乌萨马·本·拉登炸了乔托钟楼①或比萨斜塔，当局政府和其反对派不仅会相互指责，他们各自的领袖也会将责任推给自己的同志……

是的，一个只有狂热的体育迷和奖牌获得者才会挥动国旗的国家，与一个全民共同挥舞国旗的国家，必然有着巨大的差异。[20]

① 佛罗伦萨圣母百花大教堂的钟楼。

* * *

我得知法布里齐奥·夸特罗奇[①]被杀害的那个夜晚，正是托斯卡纳一个寒冷的冬夜。上帝啊，那一晚太可怕了，大雨倾盆、电闪雷鸣，狂风似乎能把人直接吹走，而我的身体状况也前所未有地糟糕。我的肺部、气管和食道剧烈疼痛，这些地方正是那个入侵者安营扎寨之所。疼痛让我根本无法下床，只能躺在床上咬紧牙关。但在得知夸特罗奇被杀害的消息后，我立刻起身，拿出存放在屉柜中的国旗，艰难地挪到窗边，在暴雨的浇淋和狂风的拍打下，用安全别针把它固定在了阳台的栏杆上。第二天早上，我打电话给三位在国家电力公司工作的朋友："伙计们，过来帮我装一下国旗吧。我之前只能用安全别针，因为没有旗杆。"他们很快来了。"好的，法拉奇，我们马上到！"其中一位甚至把旗杆也带来了：他背着妻子，偷偷把卧室挂窗帘的杆子拆了下来。他嘀咕几句："如果她发现了，非闹着跟我离婚不可！"我的情况比前一天夜里还要糟糕，疼痛加剧，所以在他们三

---

①2004年4月，伊拉克发生了一系列针对外国人的绑架事件，意大利平民法布里奇奥·夸特罗奇当时受雇于一家美国保安公司，在伊拉克境内为美国占领当局工作，他在被绑架两天后遭到杀害。

人固定旗杆、放置国旗时，我并没有在一边观看。但当他们完成所有的工作后，我走过去看，十分动容……它很美，不是吗？如果有人敢动它，我一定会用猎枪冲着他的屁股来一枪。啊，也许我心中那个理想的意大利只存在于复兴运动时期，但我的国家自豪感绝不容伤害。[21]

死亡是件奢侈的事

老年是一生当中最美好的黄金时期。不是因为我们可以选择毫无顾虑地死去，而是因为这是一个自由的阶段。年轻时，我以为自己是自由的，然而事实并非如此。我担忧未来，也无可避免被周遭的人和事物影响着，我能做的无非顺从而已。顺从于父母、顺从于老师、顺从于我自十八岁起开始为其工作的各家报社的社长们……成人后，我以为自己是自由的，可情形依旧与我想象的不同。我仍然为将来忧心，被那些恶意的评论左右，畏惧自己的选择所带来的后果……然而如今我不怕了，恶意的评论不再能影响我，未来也不能使我忧心。可不是吗？曾经的未来转眼已是现在。那些虚妄的欲望、多余的野心、荒谬的幻想已然消散。我感到自由，前所未有的自由，完整、彻底的自由。此外，老年是美好的，因为老了之后，我们就能明白那些青年，甚至成年时期都不明白的事情。随着经验、知识和阅历的积累，一切都变得那么清楚，或者至少清楚许多。有的人将此称作“智慧”。至于我是否可被归为“智者”，我并不知道。有时我觉得自己并非此类人。但我知道，由于那些经验、知识和阅历，我的头脑确实比之前好用了许多，就像经年发酵的红酒……

就好像我四肢、肺部的能量都转移到了我的脑袋里。这让我十分愉悦，甚至产生了从未有过的想法：“我想回到过去，我想一切都重新来过。”但我知道坚持不了多久了，我又不住感叹：“为什么偏偏在这个时候！上帝啊，太浪费了。偏偏这个时候死去，死亡是件奢侈的事啊。”[22]

当我回顾过去时，我从不为了已经失去的年轻岁月而哀叹，而是为那些我不曾做过的事、不曾拥有的体验而惋惜。当我望向未来时，我不害怕随着年龄增长而将面对的身体的衰弱。如果说有害怕，也是害怕身体不曾衰弱，因为若想永不衰老，就意味着我们将在年轻时死去。我还记得祖父说过类似的话：一九四〇年战争刚刚爆发，我的祖父，我父亲的父亲，已经很老了。他在佛罗伦萨的托赛利街准备登上一辆有轨电车，和所有的老年人一样，这要花费不少工夫，上车的台阶对于他们来说那么高，所以可怜的祖父只能一点一点向上挪……他身后跟着一群也想上车的坏小子："赶紧，赶紧上去。快点儿啊，该死的老头儿！"祖父转过身……我和那帮坏小子们跟在他的身后，双手正抓着台阶的扶手……"说得没错，老头子确实该死了，愿上帝保佑不会让你变老！"[23]

* * *

我从未理解过死亡。有些人宣称死亡是正常的、符合逻辑的，因为一切都会走向终结，那么我也一样。我也未曾理解过这些人。在我的心中，死亡从来都是一件毫无道理、毫无逻辑的事。从出生的那一刻起，我们就不该死去。还有一些人我也无法理解，他们说：事实上，你并不会死，你只是变成了别的东西，也许是一丛青草、一口空气、一汪清泉。那么你将滋养一条鱼、一只鸟甚至是一个人，然后你会通过他们接着活下去。我不明白，因为对于我来说，活着意味着活在同样的躯体里，活在同样的思维中。如若不然，变成火星人、金星人或是仙女座的人又有什么区别呢？那些被称为胳膊、腿、手指的东西丑吗？我又何必在乎它们长得丑呢？

它们是我唯一熟识的、唯一拥有的，除此之外我别无所求。我就要这双胳膊、这双腿、这些手指，我就要这个世界！有人说这世界无非牢笼？行，随你们怎么理解。反正我在这个牢笼中很自在，它那么温暖，就像在母体中，那是我温暖的摇篮……但你不可能永远待在母体里，否则不仅你会死在里面，它也无法存活。所以你只能在里面待到成型，然后它便会使劲把你吐出来，吐到一个你无法想象的世界。也许你根本不想见到这个世界，因为你觉得蜷缩在那个温暖的地方很舒适，不必忧心吃喝、不必忧心有无入眠之所，母亲会帮你做好一切。她的血肉牢牢地保护着你，胜于任何盔甲，胜于围绕着地球的大气层，帮你抵御各种危险和一颗颗迎面而来的陨石。然而你终将被迫离开那里，变成你无法想象的形态，用一种完全不同，格外辛苦的方式为生计奔波。这种强迫性的改变并不过分，也绝非残忍：这是让生命得以延续的唯一方式。地球得以延续的唯一方式就是把你吐出来，吐向空中，吐到大气层的另一边，吐到一个你无法想象的世界。而不久之后，那个世界会以同样的方式，再把你吐向另一个地方……[24]

我并不惧怕死亡。它对我来说再熟悉不过。当我还是个孩子，在二战纷飞的炮火中奔跑，跨过那些未能来得及跑远的人的尸体时，我就知道什么是死亡。我了解它，因为我在许多地方，以许多种方式与它擦肩而过。比如在墨西哥，世人皆知当时在我身上发生了些什么。① 比如在越南、柬埔寨、孟加拉、约旦、黎巴嫩，我身为战地记者，总是身陷于武装冲突之类的危险境地。还有当他们杀死阿莱科斯·帕纳古利斯时，当癌症相继带走我的母亲、父亲、妹妹奈拉和伯伯布鲁诺时。直至今日，由于我正忍受的疾病和那些认为我有罪，甚至将我妖魔化的人，我又一次感受到了死亡。凡此种种，不一而足。我想说的是，因为一再经历死亡，感受它发生在我周围甚至是我身上，我竟与它有了一种奇怪的亲密感。所以，死亡并不能让我惧怕。[25]

也许你们更应该问我：死亡会让你感到遗憾吗？那么我会回答，是的，非常遗憾。因为即使境遇再糟糕，生命也是美好的：太阳是美好的，绿草是美好的，蓝天也是美好的。还有美味的食物、香甜的饮料、甜蜜的吻……所以我不会因为任何理由选择流产，任何理由！想象一下，当我还是一个

① 指 1968 年 10 月，法拉奇在墨西哥报道学生抗议运动时中枪受伤一事。

几毫米的胚胎时，有人跟我说："嘿，奥莉娅娜，如果你生下来，长成一个小孩，你会挨饿，还会在六岁的时候死于毛特豪森集中营①的焚化炉里，那么你还愿意出生吗？"我会回答："是的，至少我能活六年。在这六年的时间里，我可以看见太阳、绿草、蓝天，感受生命，满足我的好奇心。"所有的一切，甚至最撕心裂肺的痛苦，也好过一片虚无。[26]

* * *

那个入侵者又回来了，以一种再糟糕不过的方式。[27]

我正在走向死亡。每一天，每一分钟。我得了癌症，肺部有一个肿瘤，肺动脉有一个，气管一个，食道一个，肝脏一个甚至两个，垂体一个。双眼的肿瘤已经让我的右眼完全失明，左眼的视力也只有原先的三分之一，看东西时雾蒙蒙一片。对了，结肠也许也有一个肿瘤。这种情况连纽约癌症医疗中心的医生们都未曾见过。他们到现在也没有弄明白为什么我的头脑依旧清楚，为什么我或多或少还能走两步，为

① 位于奥地利上奥州首府林茨附近，1938 年 8 月至 1945 年 5 月间，纳粹在这里先后囚禁过 20 多万人，10 余万人被夺去了生命。

什么我还活着。[28]

通知我上周六磁共振检查结果的是法赫医生。他悲伤地挥动着手中的纸，看着我像《圣经》中罗得之妻[①]一样一动不动，说道："病情恶化得比我担心的还快。我们不知道还能做些什么。我们现在已经被逼到墙角，无路可走了。"[29]

我一直对尊严格外执着，我曾认为最重要的是活得有尊严，但现在我发现，有比活得有尊严更困难、更重要的事情，那就是带着尊严死去。对于我们来说，这才是真正的考验。[30]

① 据《圣经》中记载，索多玛城毁灭后，罗得带着妻子和孩子出逃，上帝告诉他们不可回头，罗得的妻子不顾警告，眷恋索多玛，回头望了一眼，于是变成了一根盐柱。

人名索引

注释

第一部分
用佛罗伦萨方言表达，用佛罗伦萨方言思考

1 Appunto del 16 marzo 1983, in *Il mio cuore è più stanco della miavoce*, Rizzoli, Milano, 2013.

2 «La vita di Oriana narrata da Oriana stessa per i lettori dell' Europeo», anni Ottanta, ripubblicata su «L' Europeo», n. 4, 2007.

3 *Un cappello pieno di ciliege*, Rizzoli, Milano, 2008.

4 Appunti inediti per *Un cappello pieno di ciliege*, archivio privato.

5 *La Rabbia e l' Orgoglio*, BUR, Milano, 2009.

6 Prefazione a Jack London, *Il richiamo della foresta*, BUR, Milano,2010.

7 *Se il Sole muore*, BUR, Milano, 2010.

8 «La vita di Oriana narrata da Oriana stessa per i lettori dell' Europeo», cit.

9 Intervista di Roberto Gervaso, 31 gennaio 1978, per *La pulce nell' orecchio*, Rusconi, Milano, 1979.

10 Conferenza all' Amherst College, 26 aprile 1976, in *Il mio cuore è piùstanco della mia voce*, cit.

11 *Intervista con il Potere*, BUR, Milano, 2010.

12 *Oriana Fallaci intervista sé stessa – L' Apocalisse*, BUR, Milano, 2014.

13 *Se il Sole muore*, cit.

14 *La Rabbia e l' Orgoglio*, cit.

15 «La vita di Oriana narrata da Oriana stessa per i lettori dell' Europeo», cit.

16 *La Rabbia e l' Orgoglio*, cit.

17 «La vita di Oriana narrata da Oriana stessa per i lettori dell' Europeo», cit.

18 Conferenza ad Harvard, 23 settembre 1982, in *Il mio cuore è piùstanco della mia voce*, cit.

19 «La vita di Oriana narrata da Oriana stessa per i lettori dell' Europeo», cit.

20 *Lettera sulla cultura*, «L' Europeo», n. 19, 10 maggio 1973.

21 «La vita di Oriana narrata da Oriana stessa per i lettori dell' Europeo», cit.

22 Appunti inediti per *Un cappello pieno di ciliege*, archivio privato.«Arnaldo Foà»: così nell' originale dattiloscritto, ma potrebbe trattarsidi Vittorio Foa.

23 *Lettera sulla cultura*, cit.

24 Intervista a Natalia Ginzburg, in *Gli Antipatici*, BUR, Milano, 2014.

25 *Lettera sulla cultura*, cit.

26 Appunti inediti per *Un cappello pieno di ciliege*, archivio privato.

27 *Lettera sulla cultura*, cit.

28 «La vita di Oriana narrata da Oriana stessa per i lettori dell' Europeo», cit.

29 Appunti inediti per *Un cappello pieno di ciliege*, archivio privato.

30 Conferenza all' Eisenhower Medical Center, 27 gennaio 1983, in *Il mio cuore è più stanco della mia voce*, cit.

31 «La vita di Oriana narrata da Oriana stessa per i lettori dell' Europeo», cit.

32 Conferenza all' Eisenhower Medical Center, cit.

33 «La vita di Oriana narrata da Oriana stessa per i lettori dell' Europeo», cit.

34 *Ibidem*.

35 *Lettera sulla cultura*, cit.

36 «La vita di Oriana narrata da Oriana stessa per i lettori dell' Europeo», cit.

37 *La Rabbia e l' Orgoglio,* cit.

38 «La vita di Oriana narrata da Oriana stessa per i lettori dell' Europeo», cit.

39 *Lettera sulla cultura,* cit.

40 Bozza per l' intervista di Patrizia Carrano, *Le signore grandi firme*, Guaraldi, Firenze, 1978, archivio privato.

41 *Lettera sulla cultura*, cit.

42 «La vita di Oriana narrata da Oriana stessa per i lettori dell' Europeo», cit.

43 *Oriana Fallaci intervista sé stessa – L' Apocalisse*, cit.

第二部分
工作，旅行

1 Bozza per l' intervista di Patrizia Carrano, *Le signore grandi firme,Guaraldi*, Firenze, 1978, archivio privato.

2 *Dal Tevere all' Eufrate a seimila metri d' altezza*, «Il popolo di Milano», 30 novembre 1954.

3 *La ricchissima e potentissima Soraya si annoia mortalmente nella suatorre d' avorio*, «Il giornale del mattino», 10 dicembre 1954.

4 *Ho vissuto in Ungheria l' ultima notte della libertà*, «L' Europeo», n. 578, 11 novembre 1956.

5 *L' Ungheria è straziata come Maria Takacs*, «L' Europeo», n. 579, 18 novembre 1956.

6 *Gli Antipatici*, BUR, Milano, 2014.

7 Prefazione a *Gli Antipatici*, cit.

8 *Hollywood dal buco della serratura*, «L' Europeo», n. 618, 18 agosto 1957.

9 «L' Europeo», n. 619, 25 agosto 1957.

10 *Gli Antipatici*, cit.

11 *Lietta Tornabuoni controinterroga Oriana Fallaci*, 1965.

12 Bozza per l' intervista di Patrizia Carrano, *Le signore grandi firme*, cit.

13 Intervista di Ugo Zatterin, *Controfagotto*, Rai 1, 1961.

14 Premessa a *Il sesso inutile*, BUR, Milano, 2009.

15 *Il sesso inutile*, cit.

16 *Il mito delle Hawaii*, «L' Europeo», n. 26, 26 giugno 1960.

17 Lettera a Emilio Cecchi, 18 aprile 1962, in *La paura è un peccato*, Rizzoli, Milano, 2016.

18 Bozza per l' intervista di Patrizia Carrano, *Le signore grandi firme*, cit.

19 *Penelope alla guerra*, BUR, Milano, 2009.

20 Intervista di Richard Stolley, «Life», 21 febbraio 1969.

21 Intervista di Maria Grazia Bevilacqua, «Famiglia Cristiana», 16 marzo 1980.

22 *Lietta Tornabuoni controinterroga Oriana Fallaci*, cit.

23 Intervista al «The Houston Post», 13 novembre 1966.

24 *Il minuto più lungo*, «L' Europeo», n. 2, gennaio 1964.

25 «L' Europeo», n. 3, gennaio 1964.

26 *Il minuto più lungo*, cit.

27 Intervista a *TV7*, giugno 1965.

28 Intervista di Ruggero Orlando, Rai 1, 1964.

29 Conferenza all' Istituto italiano di cultura di Buenos Aires, 11 luglio1983, in *Il mio cuore è più stanco della mia voce*, Rizzoli, Milano, 2013.

30 *Viaggio in America*, Rizzoli, Milano, 2014.

31 *L' AFTRA mi protegge*, «L' Europeo», n. 11, 16 marzo 1967.

32 Lettera a Jane Dreyfus, 20 novembre 1969, in *La paura è un peccato*, cit.

33 *Lietta Tornabuoni controinterroga Oriana Fallaci*, cit.

34 Lettera a Natalia Danesi Murray, 9 dicembre 1966, in *La paura è unpeccato*, cit.

35 *Niente e così sia*, BUR, Milano, 2010.

36 Bozza per l' intervista di Patrizia Carrano, *Le signore grandi firme*, cit.

37 *Niente e così sia*, cit.

38 Intervista a *Tuttilibri*, 1969.

39 Bozza per l' intervista di Patrizia Carrano, *Le signore grandi firme*, cit.

40 *Intervista con il Potere*, BUR, Milano, 2010.

41 Intervista a Rai 1, 12 luglio 1976.

42 *Niente e così sia*, cit.

43 Lettera a Ricardo Cantù Garza, 23 luglio 1998, in *La paura è un peccato*, cit.

44 Intervista dall' ospedale, Rai, 4 ottobre 1968.

45 Lettera a Ricardo Cantù Garza, cit.

46 Bozza per l' intervista di Patrizia Carrano, *Le signore grandi firme*, cit.

47 Lettera a Ricardo Cantù Garza, cit.

48 *Niente e così sia*, cit.

49 Lettera a Ricardo Cantù Garza, cit.

50 Intervista di Fausto Pezzato, «Il Resto del Carlino», 19 dicembre1979.

51 *Quel giorno sulla Luna*, BUR, Milano, 2014.

52 *L' uomo sulla Luna*, «L' Europeo», n. 31, 31 luglio 1969.

53 *Omaggio ad Angelo Rizzoli*, «L' Europeo», n. 41, 8 ottobre 1970.

54 Bozza per l' intervista di Patrizia Carrano, *Le signore grandi firme*, cit.

55 *Oriana Fallaci intervista sé stessa – L' Apocalisse*, BUR, Milano, 2014.

56 Conferenza all' Eisenhower Medical Center, 27 gennaio 1983, in *Ilmio cuore è più stanco della mia voce*, cit.

57 Intervista di Carlo Rossella e Lucia Annunziata, «Panorama», gennaio 2002.

58 Lettera ad Alberto Jacoviello, 27 aprile 1978, in *La paura è un peccato*,cit.

59 Intervista di Claudio Sabelli Fioretti, *Il ritorno di Oriana*, «Panorama», 22 maggio 1979.

60 *Intervista con la Storia*, BUR, Milano, 2014.

61 *Oriana Fallaci intervista sé stessa – L' Apocalisse*, cit.

62 Conferenza all' Amherst College, 26 aprile 1976, in *Il mio cuore è piùstanco della mia voce*, cit.

63 Lettera a Henry Kissinger, 1979, in *La paura è un peccato*, cit.

第三部分
爱与自由

1 TG2, *Spazio 7*, 5 maggio 1981.

2 *Intervista con la Storia*, BUR, Milano, 2014.

3 Conferenza all' Amherst College, 26 aprile 1976, in *Il mio cuore è piùstanco della mia voce*, Rizzoli, Milano, 2013.

4 *Intervista con la Storia*, cit.

5 Intervista di Luciano Simonelli, 30 maggio 1979.

6 *Intervista con la Storia*, cit.

7 TG2, *Spazio 7*, cit.

8 Conferenza al Columbia College, 29 aprile 1983, in *Il mio cuore è piùstanco della mia voce*, cit.

9 Bozza per l' intervista di Patrizia Carrano, *Le signore grandi firme*, Guaraldi, Firenze, 1978, archivio privato.

10 Bozza per l' intervista di Claudio Sabelli Fioretti, *Il ritorno di Oriana*, «Panorama», 22 maggio 1979, archivio privato.

11 Lettera ad Athena Panagulis, 1976, in *La paura è un peccato*, Rizzoli, Milano, 2016.

12 Lettera a Jules Dassin, *in La paura è un peccato*, cit.

13 Dattiloscritto, archivio privato, 2 maggio 1976.

14 Conferenza all' Amherst College, cit.

15 Intervista di Luciano Simonelli, cit.

16 Bozza per l' intervista di Claudio Sabelli Fioretti, *Il ritorno di Oriana*, cit.

17 Prologo di *Intervista con il Potere*, BUR, Milano, 2010.

18 *Oriana Fallaci intervista sé stessa – L' Apocalisse*, BUR, Milano, 2014.

19 Testo inedito, 1977, archivio privato. Nel documento originale manca la cartella 5.

20 Appunti inediti, 1974, archivio privato.

21 Testo inedito, primi anni Settanta, archivio privato.

22 *Ibidem.*

23 *Lettera a un bambino mai nato*, BUR, Milano, 2009.

24 *Oriana Fallaci intervista sé stessa – L' Apocalisse*, cit.

25 Bozza per l' intervista di Patrizia Carrano, *Le signore grandi firme*, cit.

26 Dattiloscritto, Fondo Fallaci, Consiglio Regionale della Toscana, 1977.

27 *AZ – Un fatto: come e perché*, 1976.

28 Bozza per l' intervista di Patrizia Carrano, *Le signore grandi firme*, cit.

29 *Oriana Fallaci intervista sé stessa – L' Apocalisse*, cit.

30 *Intervista con la Storia*, cit.

31 Testo inedito, senza data, archivio privato.

32 *Intervista con la Storia*, cit.

33 Bozza di lettera a Jules Dassin, archivio privato.

34 Bozza preparatoria alla Conferenza all' Istituto italiano di cultura di Buenos Aires, 11 luglio 1983, archivio privato.

35 Intervista di Claudio Sabelli Fioretti, *Il ritorno di Oriana*, cit.

36 Bozza preparatoria alla Conferenza all' Istituto italiano di cultura di Buenos Aires, cit.

37 Intervista al *Charlie Rose Show*, 2003.

38 Intervista di Claudio Sabelli Fioretti, *Il ritorno di Oriana*, cit.

39 Bozza preparatoria alla Conferenza all' Istituto italiano di cultura di Buenos Aires, cit.

40 Intervista di Claudio Sabelli Fioretti, *Il ritorno di Oriana*, cit.

41 Bozza preparatoria alla Conferenza all' Istituto italiano di cultura di Buenos Aires, cit.

42 Bozza per l' intervista di Patrizia Carrano, *Le signore grandi firme*, cit.

43 Intervista di Claudio Sabelli Fioretti, *Il ritorno di Oriana*, cit.

44 Bozza per l' intervista di Patrizia Carrano, *Le signore grandi firme*, cit.

45 Bozza preparatoria alla Conferenza all' Istituto italiano di cultura di Buenos Aires, cit.

第四部分
写作这个职业

1 Bozza per l' intervista di Patrizia Carrano, *Le signore grandi firme*, Guaraldi, Firenze, 1978, archivio privato.

2 Bozza di discorso per un evento a New York, senza data, archivio privato.

3 Bozza per l' intervista di Patrizia Carrano, *Le signore grandi firme*, cit.

4 Conferenza all' Amherst College, 26 aprile 1976, in *Il mio cuore è più stanco della mia voce*, Rizzoli, Milano, 2013.

5 Intervista di Ugo Zatterin, *Controfagotto*, Rai 1, 1961.

6 Intervista a *60 Minutes*, CBS, 1976.

7 Bozza per l' intervista di Patrizia Carrano, *Le signore grandi firme*, cit.

8 *Oriana Fallaci intervista sé stessa – L' Apocalisse*, BUR, Milano, 2014.

9 Intervista al *Charlie Rose Show*, 1992.

10 *Intervista con il Potere*, BUR, Milano, 2010.

11 *La Rabbia e l' Orgoglio*, BUR, Milano, 2009.

12 *La Forza della Ragione*, BUR, Milano, 2010.

13 *Intervista con il Potere*, cit.

14 *Oriana Fallaci intervista sé stessa – L' Apocalisse*, cit.

15 *Intervista con il Potere*, cit.

16 Bozza di discorso per un evento a New York, cit.

17 Conferenza ad Harvard, 23 settembre 1982, in *Il mio cuore è più stanco della mia voce*, cit.

18 Bozza preparatoria alla Conferenza all' Istituto italiano di cultura di Buenos Aires, 11 luglio 1983, archivio privato.

19 *Insciallah*, BUR, Milano, 2014.

20 Conferenza ad Harvard, cit.

21 Intervista di Gino Nebiolo, *Speciale TG1*, 15 dicembre 1990.

22 Conferenza ad Harvard, cit.

23 Intervista di Gino Nebiolo, cit.

24 *Insciallah*, cit.

25 Intervista di Gino Nebiolo, cit.

26 *Addio a Edoardo Fallaci pronunciato dalla figlia Oriana*, «L' Europeo», n. 33, 18 agosto 1990.

第五部分
严峻的考验

1 Lettera a Santo Aricò, 23 novembre 1993, archivio privato.

2 Lettera a Roger Absalom, 26 maggio 1994, in *La paura è un peccato*, Rizzoli, Milano, 2016.

3 Appunti inediti, archivio privato.

4 Lettera a Roger Absalom, cit.

5 Lettera a Monsignor Rino Fisichella, citata da Cristina De Stefano in *Oriana. Una donna*, Rizzoli, Milano, 2013.

6 Prologo, *Un cappello pieno di ciliege*, Rizzoli, Milano, 2008.

7 Lettera a un concittadino newyorkese, minuta, inglese, anni Duemila, archivio privato.

8 Intervista a *TG1 Sette*, Rai 1, 1993.

9 *Oriana Fallaci intervista sé stessa – L' Apocalisse*, BUR, Milano, 2014.

10 Intervista a *TG1 Sette*, cit.

11 *Oriana Fallaci intervista sé stessa – L' Apocalisse*, cit.

12 Lettera a Carlo Azeglio Ciampi, 19 dicembre 2005, in *La paura è un peccato*, cit.

13 Appunto inedito, senza data, archivio privato.

14 *Se il Sole muore*, BUR, Milano, 2010.

15 *La Forza della Ragione*, BUR, Milano, 2010.

16 Fax a Chantal Clappier, 13 settembre 2001, in *La paura è un peccato*, cit.

17 *La Rabbia e l' Orgoglio*, BUR, Milano, 2009.

18 Biografia in inglese, gennaio 2003, archivio privato.

19 *Wake up, Occidente*, sveglia!, «Corriere della Sera», 26 ottobre 2002.

20 *La Rabbia e l' Orgoglio*, cit.

21 *Oriana Fallaci intervista sé stessa – L' Apocalisse*, cit.

22 *Oriana Fallaci intervista sé stessa – L' Apocalisse*, cit.

23 Intervista di Luciano Simonelli, 11 luglio 1979.

24 *Se il Sole muore*, cit.

25 *Oriana Fallaci intervista sé stessa – L' Apocalisse*, cit.

26 Intervista di Claudio Sabelli Fioretti, *Il ritorno di Oriana*, «Panorama», 22 maggio 1979.

27 Lettera a Tunku Varadarajan, gennaio-febbraio 2005, in *La paura è un peccato*, cit.

28 Lettera a Paolo Mieli, 25 aprile 2005, archivio privato.

29 Lettera a Paolo Mieli, 5 maggio 2005, in *La paura è un peccato*, cit.

30 Citato da Enrico Mentana nel reportage televisivo *Oriana Fallaci: storia di un' italiana*, 3 marzo 2005.

图书在版编目（CIP）数据

我不相信神话 /（意）奥莉娅娜·法拉奇著；陈波译. -- 海口：南海出版公司，2023.4
ISBN 978-7-5735-0248-3

Ⅰ. ①我… Ⅱ. ①奥… ②陈… Ⅲ. ①随笔－作品集－意大利－现代 Ⅳ. ①I546.65

中国版本图书馆 CIP 数据核字（2022）第 147260 号

著作权合同登记号 图字：30-2020-051

我不相信神话
〔意〕奥莉娅娜·法拉奇 著
陈波 译

出　版　南海出版公司　(0898)66568511
　　　　海口市海秀中路 51 号星华大厦五楼　邮编 570206
发　行　新经典发行有限公司
　　　　电话 (010)68423599　邮箱 editor@readinglife.com
经　销　新华书店

责任编辑　侯明明
特邀编辑　张梦君　刘悦慈
营销编辑　郑博文　王书传　柳艳娇
装帧设计　韩　笑
内文制作　贾一帆

印　刷　山东韵杰文化科技有限公司
开　本　850 毫米 ×1092 毫米　1/32
印　张　10.5
字　数　174 千
版　次　2023 年 4 月第 1 版
印　次　2024 年 5 月第 2 次印刷
书　号　ISBN 978-7-5735-0248-3
定　价　59.00 元